KB209995

숲의 기억

첫 번째 이야기

증조할머니, 아니타를 추모하며.
당신을 찾지 못할 숲은 없어요.

_미카엘 브룅 아르노

어린이문학
숲의 기억 첫 번째 이야기 두더지 페르디낭의 기억

초판 1쇄 인쇄일_2025년 2월 18일 | 초판 1쇄 발행일_2025년 3월 4일
글_미카엘 브룅 아르노 | 그림_사노에 | 옮김_이정주
펴낸이_박진숙 | 펴낸곳_작가정신 | 출판등록_1987년 11월 14일(제1-537호)
책임편집_윤소라 | 디자인_이현희 | 마케팅_김영란 | 관리_이하은
주소_(10881) 경기도 파주시 광인사길 143 2층
전화_(031)955-6230 | 팩스_(031)955-6294
이메일_kids@jakka.co.kr | 홈페이지_www.kidsjakka.co.kr

ISBN 979-11-6026-853-9 73860

Mémoires de la forêt – Les souvenirs de Ferdinand Taupe

Written by Mickaël Brun-Arnaud, illustrated by Sanoe

* 책값은 뒤표지에 있습니다.
* 잘못된 책은 바꾸어 드립니다.
* 어린이작가정신은 도서출판 작가정신의 어린이 브랜드입니다.

제품명 도서 **제조자명** 작가정신 **제조국명** 대한민국
전화번호 031-955-6280 **주소** 경기도 파주시 광인사길 143 2층
제조일 2025년 3월 4일 **사용 연령** 8세 이상

* KC마크는 이 제품이 공통안전기준에 적합하였음을 의미합니다.
⚠ 주의 아이들이 종이에 베이거나 책 모서리에 다치지 않게 주의하세요.

숲의 기억

첫 번째 이야기

두더지 페르디낭의 기억

미카엘 브룅 아르노 글 · 사노에 그림 · 이정주 옮김

하늘 마을
마멋 페투니아
찻집
아름다운 나무껍질 마을
N
E
O
S
시원한 바다

별오름 마을
부엉이 제데옹의 집
대왕 참나무
두더지 부모님의 집
두더지 비올레트 고물상점
암탉 엘리자베트 작가의 집
부드러운 자갈 마을

차례

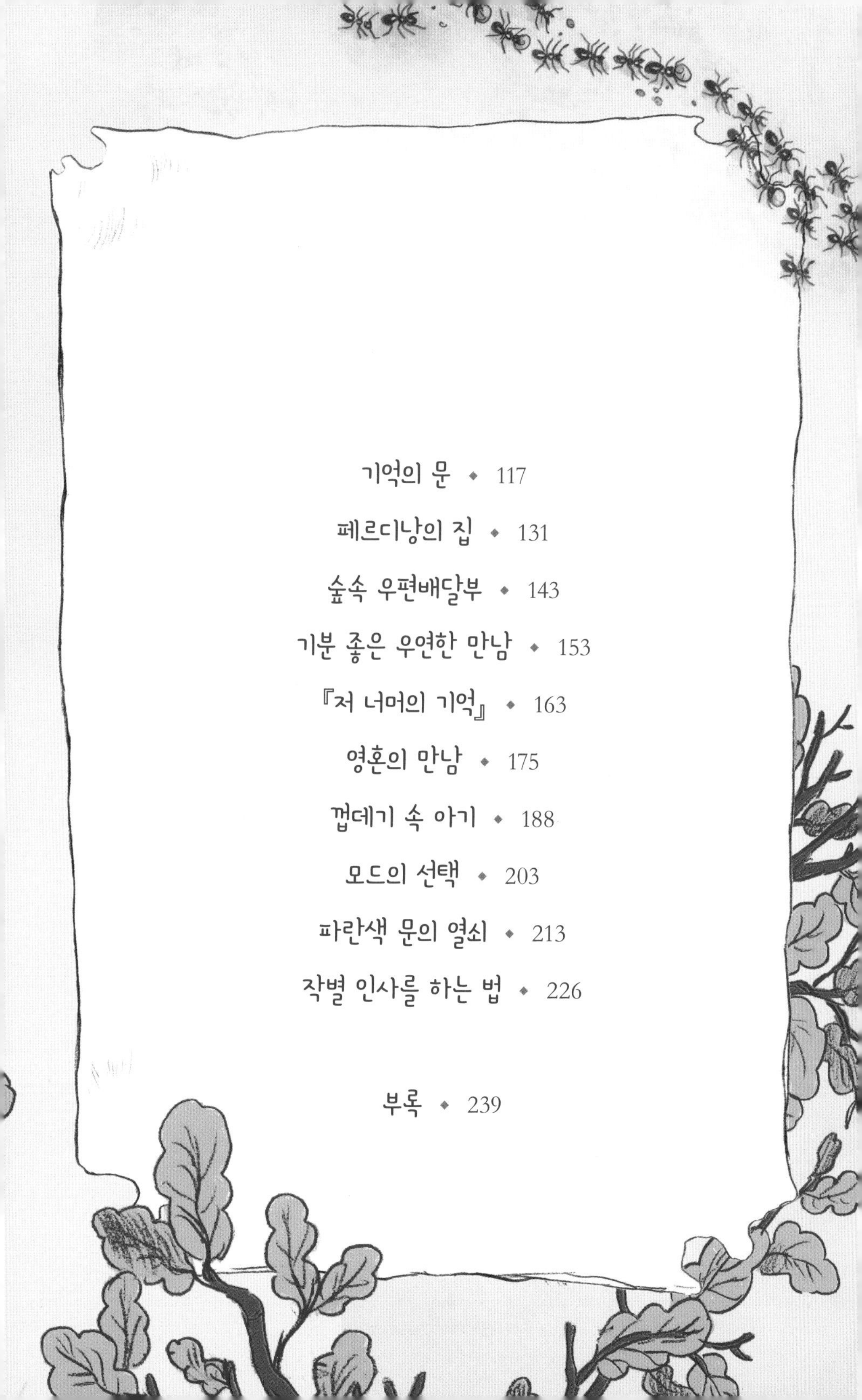

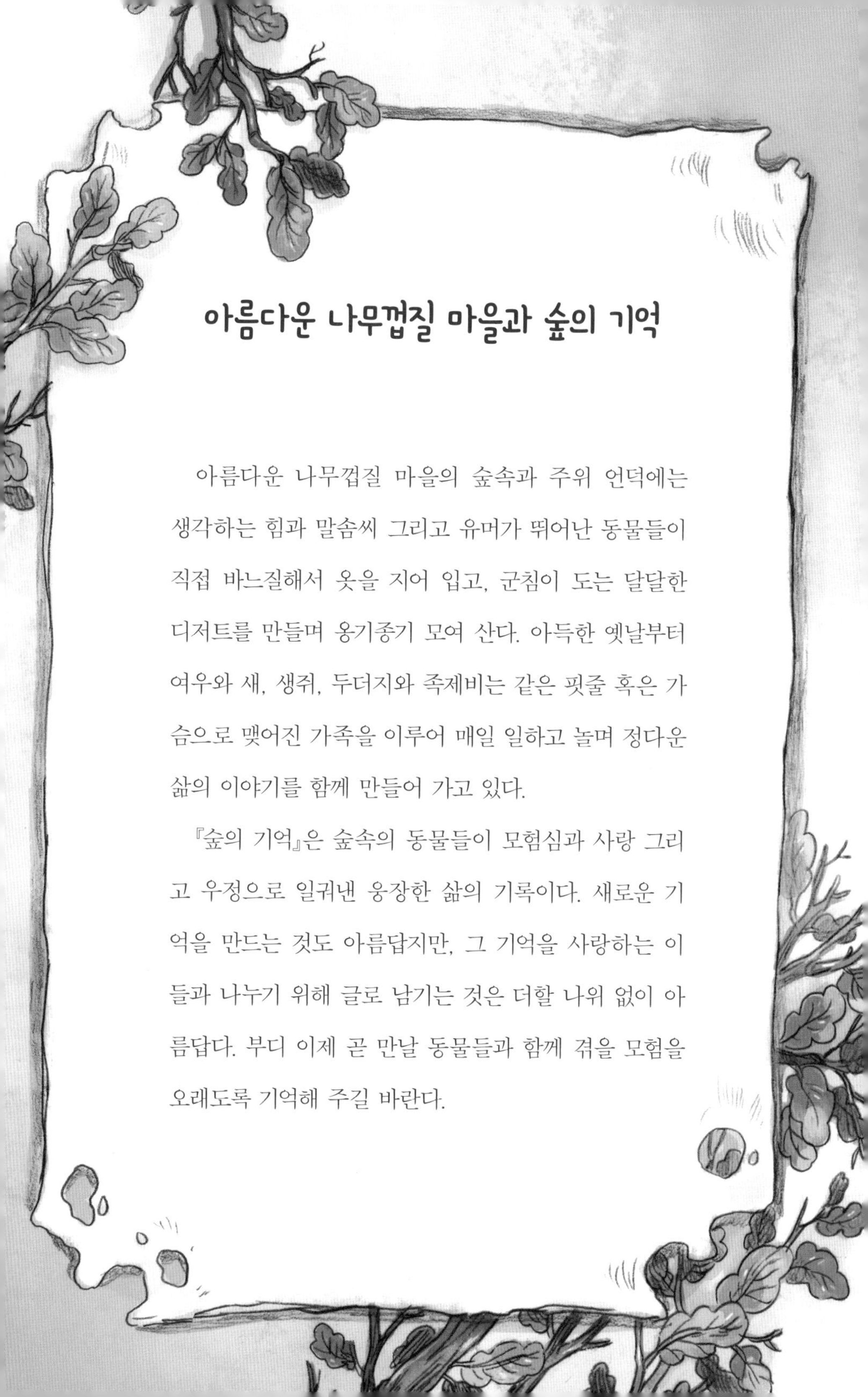

아름다운 나무껍질 마을과 숲의 기억

아름다운 나무껍질 마을의 숲속과 주위 언덕에는 생각하는 힘과 말솜씨 그리고 유머가 뛰어난 동물들이 직접 바느질해서 옷을 지어 입고, 군침이 도는 달달한 디저트를 만들며 옹기종기 모여 산다. 아득한 옛날부터 여우와 새, 생쥐, 두더지와 족제비는 같은 핏줄 혹은 가슴으로 맺어진 가족을 이루어 매일 일하고 놀며 정다운 삶의 이야기를 함께 만들어 가고 있다.

『숲의 기억』은 숲속의 동물들이 모험심과 사랑 그리고 우정으로 일궈낸 웅장한 삶의 기록이다. 새로운 기억을 만드는 것도 아름답지만, 그 기억을 사랑하는 이들과 나누기 위해 글로 남기는 것은 더할 나위 없이 아름답다. 부디 이제 곧 만날 동물들과 함께 겪을 모험을 오래도록 기억해 주길 바란다.

여우네
서점

아름다운 나무껍질 마을 서점

여우는 책장마다 오랫동안 켜켜이 쌓인 먼지를 털어내느라 온종일 고생했다. 아름다운 나무껍질 마을의 서점에 있는 책들은 대부분 딱 한 권뿐이기 때문에 가장 좋은 상태로 유지하는 게 뭐니 뭐니 해도 중요했다. 여우 아르시발드는 성실한 서점 주인이었지만 숲속 한가운데, 그것도 나무 구멍에 자리 잡은 자그마한 서점을 물려받았을 때, 자연이 자신의 권리를 되찾으러 오고 사방에서 흙이 스며들 줄 알고 있었다. 여우의 조상은 왜 이런 곳에 서점을 세울 생각을 했는지 모르겠다. 여우는 곰 에드위나 부인에게 선물 받아 단지에 소중히 보관하고 있는 왁스로 참나무의 벽에 새겨진 책장들을 한 칸씩

반질반질 윤이 나게 닦았다. 누군가 사 가기를 기다리며 책장에서 잠든 책의 멋지게 제본된 책등이 상하지 않게 조심했다. 수년째, 아니 어쩌면 수세기째 꽂혀 있는 책들도 있는데, 여우는 서점을 아버지로부터 물려받았고 아버지도 아버지의 아버지로부터 물려받았지만, 할아버지는 누구로부터 물려받았는지 더는 기억하지 못해서 얼마나 오래되었는지는 알 수 없었다.

여우는 사다리에 올라가 가죽 표지 위에 황금색 글자로 반짝거리는 책 제목들을 읽고 또 읽는 걸 좋아했다. 다람쥐 알렉상드르의 『개암 열매 도둑의 미스터리』, 토끼 브누아의 『손쉽고 효과적인 당근 재배법』, 청개구리 미레이의 『요리사가 알려 주는 1001가지 사과 요리법』 등. 서점 주인은 책의 저자들을 기억한다. 하나같이 자신의 책을 서점에서 받아 주길, 그래서 꿈에 그리던 대로 언젠가 팔리길 바라며 잔뜩 기대에 부푼 얼굴로 찾아왔다. 이렇게 맡긴 책은 딱 한 권밖에 없어서 딱 맞는 독자와 만나게 해 주는 게 서점 주인의 큰 임무였다!

'청소를 좀 더 자주 해야겠어.'

아르시발드는 반성하며 사다리에서 둥근 창문 밖으로 걸레를 내밀어 털었다.

서점 밖에서 툴툴거리는 소리가 울렸다.

"여우 선생, 조심해요! 내가 밑에 있잖아요!"

"에취!" 하고 크게 기침 소리가 나고, 작게 재채기 소리가 두 번 났다. 이어서 둥근 창문 앞에서 종잇장들이 핑그르르 날아올랐다.

또 다시 목소리가 울렸다.

"도와줘요! 내 원고! 내 걸작!"

여우는 사다리에서 황급히 뛰어내려서는 진열대 사이를 요리조리 빠져나가 서점 밖으로 달려 나갔다. 불행히도 아는 목소리였다. 붉게 물드는 햇살 아래 거북이가 휘날리는 종잇장을 붙잡으려고 우왕좌왕하고 있었다.

"여우 선생, 좀 조심해야지! 내 다음 에세이가 빨리 보고 싶지 않아요?"

"안녕하세요? 정말 죄송합니다. 청소에 정신이 팔려서…."

여우는 어쩔 줄 몰라 하면서도 반짝, 새어나온 웃음은 감추지 못했다.

"어서 도와줘요. 해 지기 전에 다 주워야 하잖아요!"

둘은 부지런히 움직여서 원고를 모았고, 원고는 다시 제 모양을 갖췄다. 거북이는 습관대로 계산대 위에 탈싹 주저앉아 자신의 작품이 아름다운 나무껍질 서점에서 가장 눈에 잘 띄는 자리에 놓여야 하는 이유를 주절주절 늘어놓기 시작했다.

"『용감한 거북이의 정신적 부담에 대한 사유』는 쓰는 데 몇 달이 걸렸어요. 어서 팔려야 하는데…."

여우는 뾰족한 발톱으로 원고에 구멍을 뚫고, 구멍에 넣어 묶을 가는 끈을 준비하면서 말했다.

"그러게 말이에요. 이 책은 선생님의 『너무 빠른 사회에 대한 고찰』과 『정리에 대한 에세이 : 앞으로 나아가기 힘들 만큼 집에 짐이 많을 때』 옆에 둘까 하는데, 어떠세요?"

거북이 피네아는 서점 주인이 자신의 작품들을 잘 알고 있는 게 기분이 좋아서 고개를 끄덕였다. 이어 나비넥타이를 매만지고, 접착테이프 두 조각으로 관자놀이에 붙인 안경을 만지작거렸다.

"근데 그 두 권은 아직도 안 나갔어요? 저번부터 팔리길 바랐는데…. 선생에게 할 말이 있어요. 선생은 정말로 여기가 내 작품들을 보여 주기에 딱 좋은 위치라고 생각해요? 선생의 전문적인 실력은 의심하지 않지만, 에세이 배치에 대해서 몇 가지 충고를 하고 싶군요…."

아르시발드는 거북이가 큰 목소리로 미주알고주알 늘어놓는 충고에 정신이 없어서 서점에 손님이 들어온 줄 몰랐다. 설치류인지 고슴도치인지 전혀 알아보지 못했던 건 낯선 손님이 "안녕하세요?"라는 친절한 인사도 없이 곧장 책을 보러 갔기 때문이었다. 그리고 털인지 비늘인지, 아니면 깃털인지 알 수 없는 것을 바닥에 질질 끌면서 책장 사이를 돌아다녔다. 손님은 이 책에서 저 책으로, 이 책장에서 저 책장으로 훑고 다니다가 마침내 원하는 책을 골라서 가져왔다. 수다쟁이 거북이 피네아가 자기 책이 눈에 잘 띄는 계산대나 진열창에 놓여야 한다고 쉴 새 없이 떠드는 통에 여우는 이 미스터리한 손님이 누구인지 쳐다볼 생각도 못 하고 기계적으로 책만 계산했다. 그리고 책 제목도 눈여겨보지 않고 종이봉투에 곧장 넣었다.

"개암 열매 세 알입니다."

여우는 손님에게 감사 인사를 하려고 했고, 계산대에 개암 열매 한 알을 실수로 더 준 것 같다고 말하려고 했는데, 손님은 이미 서점을 나간 뒤였다. 뒷벽에 걸린 커다란 괘종시계가 여우에게 해방을 알리듯이 8시를 울렸다. 드디어 서점 문을 닫고, 서점 운영을 이러쿵저러쿵 지적하는 거북이와 작별 인사를 할 시간이었다.

"대단히 감사합니다. 말씀해 주신 내용들은 빠짐없이 기억할게요! 그런데 죄송합니다만, 제가 아직 끝내지 못한 일이 많아서요!"

서점 주인은 거북이의 어깨를 밀어서 문밖으로 내보낸 뒤 서점 문을 닫고 열쇠를 3번 돌려서 꽁꽁 걸어 잠갔다.

거북이는 서점 문 유리창으로 여우를 보려고 깡충깡충 뛰었다.

"아니, 내가 적어 줬어야 했는데!"

"염려 마세요! 제 기억력은 코끼리만큼 좋아요!"

이렇게 대꾸하고 나서 여우는 커튼을 치고, 샹들리에의 촛불을 껐다. 청소와 거북이의 끝없는 수다에 피곤했지만, 게으름을 피우지 않고 거북이 피네아의 원고를 예쁜 버섯 가죽 표지에 넣어서 꿰매고, 저자가 고른 점잔 빼는 제목을 새겼다.

작업을 마친 여우는 거북이의 책을 손님들이 보면서 코웃음을 치는 제목의 에세이들이 쭉 꽂힌 책장에 꽂았다가 이내 마음을 바꿔서 위층에 있는 자신의 방에 가져가기로 했다. 좋은 서점 주인이라면 직접 제본한 책은 꼭 읽어야 하는 법이니까. 이것은 원칙이고 기본적인 도리의 문제다!

'아, 내 책장들….'

서점 주인은 텅 빈 서점 안을 돌아다니면서 생각했다. 아르시발드는 처음 아버지에게 이끌려 서점에 들어왔던 감격스러운 순간을 잊지 못한다. 어린 여우의 눈에 비친 책장들은 엄청나게 커 보였다. 책이 수천 권, 수백만 권은 있는 것처럼 보였다! 그 순간 여우는 언젠가 자신이 서점을 물려받아 숲에서 가장 훌륭한 서점 주인이 되겠다고 생각했다. 하지만 지금은 크루통(빵을 주사위 모양으로 썰어 기름에 튀기거나 버터에 구운 것으로 수프에 올려 먹는다.—옮긴이)을 올린 따뜻한 호박 버섯 수프를 먹고 나서 체크무늬 이불을 덮고 있다. 현재의 삶이 무척 만족스럽지만, 모험을 해 보는 것도 그리 나쁘지 않겠다는 생각이 들었다. 터무니없는 일은 아니다! 본래 여우는 꾀가 많고 계획을 잘 세우기로 유명하니까…. 모험가가 될 용기만 있으면 된다! 여우는 거북이 피네아의 책을 펼친 채 스르르 잠이 들었는데, 모험이 이미 시작되었다는 사실은 꿈에도 몰랐다….

두더지

두더지를 만난 건 아침 식사를 마친 지 얼마 지나지 않았을 때였다. 아르시발드가 부엌에 앉아 유채 버터를 바른 빵에 소금 약간과 달콤한 코코아 가루를 뿌려 먹을 때, 벽시계의 뻐꾸기가 이제 서점 문을 열 시간이라고 알렸다.

여우는 초록색 앞치마를 두르고 꼬리 바로 위에서 끈을 매면서 생각했다.

'정각 열 시구나. 오늘 첫 손님은 누굴까….'

최근에 비버가 새로 만들어 준 '여우네 서점'이라고 색칠한 나무 삼각대를 세우는데, 오가는 동물들과 쿵쿵 부딪치며 그때마다 연신 죄송하다고 말하는 소리가 들렸다.

"아이고, 미안해요. 죄송합니다…. 아, 미안해요. 대단히 죄송합니다. 제가 정신이 없는 건 소문을 들어서 아시죠…. 아, 부인, 죄송합니다…. 아, 아니구나, 나무구나…. 안녕하세요? 반갑습니다…. 이런!"

아르시발드는 길에서 뒤뚱거리는 동물이 재밌어서 눈으로 좇았다. 키 작은 포유동물은 얼마 못 가 참나무 그늘에서 산사나무 덤불로 벌러덩 나동그라졌다. 다시 일어서는데 등에 반쪽짜리 호두껍데기를 메고, 콧등에 큼지막한 안경을 비스듬히 걸쳐 쓴 두더지였다. 아르시발드가 어렸을 적에 아버지가 서점을 운영할 때부터 오던 단골손님이라 잘 알았다.

늙은 두더지 페르디낭은 서점을 정기적으로 찾았고, 그때마다 덤벙거린 탓에 책과 엽서 진열대를 넘어뜨렸다. 절대로 여우를 괴롭히거나 서점에 피해를 끼치려는 건 아니었다. 그저 나이가 너무 많고 눈이 침침할 뿐이었다…. 계산한 책을 계산대에 놔두고 가고, 우산을 깜빡해 비를 쫄딱 맞아 두꺼운 안경에 뚝뚝 떨어지는 빗물을 맞으며 집으로 돌아간 적도 있었다. 지난번에는 아르시발드가 타 준 마시멜로 코코아를 마시다가 서점을 자기 집 거실로 착각했다. 아무래도 집에서부터 신고 온 실내용 슬리퍼 때문이었을 것이다.

여우가 먼저 인사했다.

"안녕하세요? 잘 지내셨어요?"

두더지는 안경을 고쳐 쓰고, 멜빵바지를 편할 때까지 한껏 끌어올리며 말했다.

"나의 친구, 여우 선생, 잘 지냈소?"

"저야 잘 지내지요. 새 책을 찾으러 오셨어요?"

"여우 선생, 선생을 보니 참 좋구려!"

두더지 페르디낭은 경쾌하게 앞으로 나왔다. 그러나 덤벙대는 바람에 몇 걸음도 못 가 낡은 지팡이를 놓치고 비틀거리다 넘어졌다! 여우는 두더지를 일으켜 세우려고 냉큼 달려갔다. 바닥에 주저앉은 두더지는 고마운 마음에 눈가가 촉촉해져서 여우에게 팔을 내밀었다.

"아, 나의 착한 친구, 여우 선생…. 선생을 보니 참 좋구려!"

"아니, 그 말씀은 조금 전에…."

하지만 여우는 생각을 바꿔서 두더지를 일으켜 세웠다.

"안으로 들어오세요. 따뜻한 마시멜로 코코아 한 잔 타 드릴게요!"

두더지는 어깨를 흔들고, 엉덩이를 좌우로 흔들면서 불안하게 뒤뚱거리는 특유의 걸음걸이로 서점 주인을 따라갔다. "아이고!", "이런!", "하아! 늙는다는 건 그다지 좋은 일이 아니에요!" 하고 나지막이 말을 내뱉었다. 두더지가 걸음을 옮길 때마다 등에 멘 반쪽짜리 호두껍데기 속 내용물이 달캉달캉 소리를 냈고, 지팡이는 길가에 있는 긴 의자, 쓰레기통, 가로등을 그냥 지나치지 못하고 "땡그랑! 쿵! 쾅! 쨍그랑!" 하고 부딪쳤다.

드디어 두더지는 진열창 옆 큼지막한 붉은 안락의자에 앉았다. 아르시발드는 김이 모락모락 나는 마시멜로 코코아 두 잔을 통나무 원탁으로 가져왔다.

"여기까지 무슨 일로 오셨어요?"

"나 참, 내 정신 좀 봐! 그게 급한데!"

두더지가 홱 일어나는 바람에 코코아 잔을 엎을 뻔했다.

"어디 있을 텐데? 지난번에 어디서 봤더라?"

여우가 전날 온종일 구석구석 닦아 놓았는데, 두더지가 너무 빠르고 세게 책장을 치고 지나가는 바람에 책들이 눈사태처럼 차례대로 쏟아졌다. 아르시발드는 벌떡 일어나 황급히 두더지를 쫓아가서 책장에서 떨어지는 책들을 붙들었다. 주제별로 가지런히 꽂았던 책들이 뒤죽박죽이 되었다! 요리책이 돼지 시몽의 『꿀꿀 형사의 범죄 수사』 추리물 옆에 있다니, 있을 수 없는 일이다!

"페르디낭 선생님, 뭘 찾으세요? 제가 도와 드릴게요! 이러다 우리 모두 책 더미에 파묻히겠어요!"

그러나 두더지는 너무 불안한 나머지, 여우의 말을 듣지 못했다.

"확실히 여기 있었는데! 이럴 수가! 내 기억력이 점점 날 골탕 먹이네! 아, 하지만 이 두더지 페르디낭의 이름을 걸고 기필코 찾아내고 말 거야!"

서점은 그야말로 난장판이 되었다. 족제비 로레트는 서점 문을 열고 들어오다 곰 프랜시스의 『겨울잠을 좋아하는 동물 사전』에 머리를 맞을 뻔하고는 다음번에 다시 오는 게 낫겠다고 대번에 뒷걸음질을 쳤다….

여우는 바닥에 산더미처럼 쌓인 책 더미 뒤에서 말했다.

"뭘 찾는지 말씀해 주세요! 그 편이 훨씬 쉽지 않겠어요?"

"내 책을 찾고 있소! 여기 있었는데! 그 책이 꼭 필요하단 말이오!"

서점 주인은 어리둥절했다.

"선생님 책이요? 무슨 책이요?"

그러나 책이 몽땅 떨어진 텅 빈 책장에 걸터앉은 두더지는 여우의 말이 들리지 않았다. 수평선을 탐색하는 선원처럼 문제의 책을 찾아 책장을 하나씩 훑었다. 그러나 세상에, 책이 없었다! 두더지 페르디낭은 등에 진 반쪽짜리 호두껍데기 무게 때문에 중심을 잃고서 뒤로 넘어질 뻔했는데, 여우가 반사적으로 가장 가까운 탁자 위에 쌓아 둔 책들을 치우며 두더지를 간신히 붙들었다.

서점 주인에게 안긴 두더지는 뜨거운 눈물을 하염없이 흘렸다. 털이 다 젖을 정도였다. 아르시발드는 두더지를 안락의자에 앉히고 마시멜로 코코아를 건네며 다독였다.

“자, 자, 진정하시고, 대체 왜 오셨는지 말씀해 주세요!”

“몇 주 전부터 내 책을 찾고 있는데, 어제 갑자기 선생 서점에, 서점 안쪽 깊숙한 저 책장, 자서전 코너에 있다는 생각이 났소. 그런데 없잖소!”

두더지는 체크무늬의 큰 손수건에 얼굴을 묻고 흑흑거리다가 더 크게 울었다.

“선생님 책이요? 하지만 선생님이 책을 쓰셨다는 말씀은 한 번도 하신 적이 없는데요?”

두더지는 울먹이며 말했다.

“아주 오래전에 썼다오! 선생 부친께 아니, 어쩌면 부친의 부친께 맡겼을 거요! 내 회고록이라오. 두더지 페르디낭의 『저 너머의 기억』인데, 정말로 못 봤소? 한 번도 본 적 없소?”

서점 주인은 불쌍한 두더지의 눈을 쳐다보다 번쩍 기억이 났다. 초록색 가죽 표지. 개암 열매 세 알이 아닌 네 알. 털인지, 비늘인지, 아니면 깃털인지 모르는 손님. 거북이 피네아와 끝없는 수다.

아뿔싸, 그 책은 어제 팔렸다!

페르디낭의 이야기

여우 아르시발드는 몹시 난처했다. 뭘 찾아야 하는지 정확하게 알았는데, 손님을 만족시킬 수가 없다니! 어떻게 서점 주인이 책장에 『저 너머의 기억』이 꽂혀 있었다는 사실을 까맣게 몰랐을까?

여우는 미안해서 어쩔 줄 몰라 했다.

“죄송해요…. 서점 주인으로서 일을 제대로 못 했어요. 그 책을 구입한 동물을 적어 놨어야 했는데 깜빡했어요.”

“뭐라고요? 아이고, 이제 난 어떡하나? 어떡해?”

두더지는 괴로워하며 다시 담요 크기의 체크무늬 손수건을 꺼내 트럼펫처럼 큰 소리를 내며 코를 풀었다. 뿌잉! 뿌잉!

페르디낭이 코를 풀 때마다 책장에 놓인 자잘한 장신구들이 작은 종처럼 울리면서 금방이라도 바닥에 떨어져 깨질 것 같았다. 아르시발드는 마음 졸이며 만일의 경우를 대비해 곧바로 붙들 태세를 취했다. 두더지 페르디낭은 울면서 등에 멘 반쪽짜리 호두껍데기를 묶은 끈을 풀었다. 호두껍데기에는 구입한 책들뿐 아니라 온갖 잡동사니도 넣어 다녔다. 그 물건들의 냄새는 맡지 않는 게 좋다. 특히 샌드위치를 깜빡 잊고 며칠씩 뒀거나 자두 병뚜껑을 꼭 닫지 않았을 때 말이다…. 이번에는 오래되어 누렇게 바랜 봉투와 쪽지를 끄집어냈다. 하아, 껍데기에 있던 것치고는 자두 식초 냄새가 덜 났다!

"친애하는 나의 친구, 선생에게 털어놓을 아주 중요한 이야기가 있소. 하지만 내 이야기를 듣고 선생이 어떻게 나올지 몰라 불안하군."

아르시발드는 두더지의 앞발을 잡으며 대답했다.

"편하게 말씀하셔도 돼요. 절대로 왈가왈부하지 않을게요."

"고맙구려. 최근에 나한테 문제가 생겼소. 문제가 생겼소. 문제가 생겼소…."

두더지는 말을 멈추며 어리뻥뻥한 표정을 지었다.

"선생님?"

"왜요? 여우 선생?"

"무슨 문제요?"

"글쎄, 여우 선생. 무슨 문제가 생겼소?"

아르시발드는 발끈했다.

"아니, 제가 아니라 선생님이요. 조금 전에 문제가 생겼다고 말씀하셨잖아요?"

"나한테 말이오? 나한테…."

그때 페르디낭은 들고 있던 종잇조각이 눈에 들어왔다.

"아, 그렇지! 나한테 문제가 생겼소…."

여우는 놀라 물었다.

"무슨 문제요?"

"친구, 내가 기억을 잃고 있소! 구멍이 숭숭 난 그뤼에르 치즈, 그물 국자, 체처럼 말이오! 선생도 놀랐소? 내가 자주 깜빡깜빡 잊는다오. 하나도 생각이 안 나! 개암 열매를 잃어버린 초콜릿, 나뭇잎을 하나둘씩 다 잃어버리는 나무처럼 말이오!"

두더지는 느닷없이 안락의자에서 일어나더니 나무를 흉내 냈다. 마치 가을인 것처럼 나뭇잎의 무게를 벗으려는 듯이 나뭇가지를 흔들었다. 여우는 의자에 등을 대고 앞치마 위로 발짱을 낀 채 말없이 두더지를 따뜻하게 쳐다봤다…. 이 정도의 건망증은 새삼스럽게 놀랍지 않았다…. 그보다 두더지 페르디낭이 이토록 당황하는 게 의아했다!

"나이가 들면 깜빡깜빡 잊기 마련이잖아요. 저희 할아버지도 가끔씩 빵을 굽기도 전에 깜빡 잊고 버터부터 바르기도 하셨어요. 노인이라면 흔히 겪는 어려움이지요!"

두더지는 서글픈 목소리로 콧노래를 부르듯이 말했다.

"하지만 내 경우는 다르다오. 집에서 종이 한 장을 찾았는데, 나는 간 기억조차 없는 병원에 부엉이 박사와 진료 예약이 되어 있잖겠소. 망각병이라고 적혀 있었소. 난데없이 찾아와서 가장 고통스러운 기억부터 가장 달콤한 순간까지 모두 가져가 버리는 병 말이오."

아르시발드도 망각병을 들어 본 적이 있다. 이 주제를 다룬 책도 읽었는데, '병과 약' 코너 책장에 아직도 그 책이 있다. 제목은 『망각병, 더 이상 기억이 없는 이들을 기억하며』이고, 아름다운 나무껍질 마을에서 임상 의사로서 선구자인 부엉이 마르슬랭 박사가 썼다. 여우는 이 책을 무척 감명 깊게 읽었다. 망각병 때문에 겪는 여러 가지 에피소드를 다뤘는데, 구두가 아닌 실내화를 신고 외출하거나, 이미 오래전에 치워서 없는 것을 찾느라 헛수고하는 경우가 있었다. 또 카페라테에 설탕이 아닌 소금을 넣고, 피낭시에를 이미 세 개나 먹은 걸 잊고서 두 개나 더 먹은 경우도 있었다. 여우도 소화를 못 시킬 정도로 피낭시에를 많이 먹어서 배탈이 나는 느낌이 어떤지 안다! 책에서는 나이가 들면 기억력이 조금씩 떨어지고 생각도 엉뚱해지기 마련이지만, 망각병은 노년에 겪는 단순한 건망증보다 훨씬 심각하다고 설명했다. 과거행 편도 기차를 타고 돌아올 희망이 없는 여행을 떠나는 것과 같다고 했다. 기차가 지날 때마다 역이 사라지기 때문에….

"이 병 때문에 나의 사랑하는 모드에게 무슨 일이 일어났는지 매일같이 떠올리려고 해도 도무지 생각나지 않소. 모드는 왜 떠났을까? 모드가 떠났다면…, 이 고장 난 머리가 기억해 주면 좋으련만!"

모드? 서점 주인은 한 번도 들어 본 적이 없는 이름이었다.

"정말 죄송합니다…."

여우는 두더지의 머리를 가만히 쓰다듬으며 말했고, 두더지는 여우의 애정 어린 발길에 마음이 풀렸다.

페르디낭이 갑자기 의욕적으로 말했다.

"괜찮소. 난 퍽 오랫동안 아름다운 삶을 살았고, 좋은 것도 많이 먹었으니. 이제 내 책만 다시 찾으면 된다오. 그 책에 내 기억의 열쇠가 있으니까."

정말이지 두더지는 기분이 순식간에 달라진다!

"무슨 말씀이세요?"

"내 책, 『저 너머의 기억』 말이오! 그 안에 내 젊은 시절 이야기가 들어 있소! 나의 사랑하는 착한 모드의 기억, 모드와 함께했던 먹거리 탐방 이야기가 그 책에 있소! 내가 다락방에 있는 상자에서 사진 몇 장을 찾았는데, 관련이 있을 거요. 그게 내 질문의 답일 거요!"

두더지는 아까 호두껍데기에서 끄집어낸 누런 봉투에서 작은 사진들을 꺼냈는데, 사진은 모두 오래되어 어두운 갈색으로 바랬고, 가장자리는 너덜너덜했다. 둥근 탁자 위에 다 식은 마시멜로 코코아 두 잔 옆에 놓인 사진 속의 페르디낭과 모드는 해맑은 눈빛으로 누군가를 바라보며 행복에 겨운 표정을 짓고 있었다.

"아! 나의 사랑하는 모드! 아, 나의 사랑하는 모드…. 당신을 다시 만날 수만 있다면 얼마나 좋을까!"

두더지는 눈물을 글썽이며 한숨을 내쉬었다.

"아내인가요? 아니면 그냥 친구인가요?"

두더지가 설명했다.

"글쎄. 기억이 나지 않소. 그래서 내 책을 찾아야 하오! 그 책에 무슨 일이 있었는지 적었을 테니까! 내가 병에 걸리기 전의 기억이 다 기록되어 있을 거요! 내가 젊었을 적에는 뭐든 정확하게 기록했던 것 같소. 책을 찾기만 하면 기억할 수 있다오. 그러니까… 그게…. 그런데 내가 뭘 기억하고 싶은 거지?"

입구에서 초인종 소리가 났다. 그러나 큰 문에서 나는 소리가 아니었다. 숲의 (큰 동물들이 운영하는) 큰 상점들처럼 아름다운 나무껍질 서점도 유리창이 달린 문이 있었다. 유리창에는 황금색 글자로 시간표가 적혀 있고, 그 너머로 키 큰 손님들이 오는 게 보였다. 진열창 아래로는 소설 대여섯 권을 쌓은 높이의 아주 작은 유리창이 달린 문도 있었다. 키 작은 동물들을 위한 문으로, 초인종도 따로 있었다. 키가 8센티미터 반밖에 안 되는 생쥐 샤를로트가 큰 문을 열기는 힘드니까!

생쥐가 쾌활하게 말했다.

“안녕하세요? 오늘 날이 참 좋지요?”

“안녕하세요? 생쥐 양, 네, 맞아요! 잘 지내셨어요?”

“아, 네, 잘 지냈어요! 조금 전에 족제비 로레트를 만났는데, 바로 몇 분 전에 여기 서점에 들어가다가 하마터면 애꾸눈이 될 뻔했다고 투덜대더라고요!”

여우는 억울했다.

“아, 그게 실은….”

“괜찮아요. 원래 족제비는 잘 투덜대잖아요!”

생쥐가 싱긋 웃었다. 그러고는 작은 책들이 있는 키 작은 책장을 둘러보러 갔다.

아르시발드는 탁자 위 마시멜로 코코아 잔들을 치우려다가 누런 사진 뒷면에서 글귀를 발견했다.

“이것 좀 보세요! 사진에 날짜가 적혀 있어요. 밑에 사진을 찍은 장소도 적혀 있고요. 이 사진은 ‘마멋 페투니아의 찻집’이고, 또 이 사진은 ‘참나무 음악회’라고 적혀 있어요. 굉장히 꼼꼼하게 적어 놓으셨네요!”

어수룩한 두더지가 익숙한 서점 주인은 낯설었다.

두더지는 얼굴이 환해지더니 두 발을 모아 안락의자에서 뛰어오르듯이 벌떡 일어났고, 낡은 꽃무늬 안락의자에서 용

수철이 삐거덕거리는 소리가 났다. 두더지한테 뭔가 좋은 생각이 떠오른 모양이었다!

두더지는 소리쳤다.

"친구, 좋은 생각이 났소! 내 책을 산 동물이 책을 좋아하는 우리만큼이나 호기심이 많다면, 사진에 적힌 장소들을 찾아가지 않겠소? 우리도 사진들을 순서대로 정리해서 내 기억의 끈을 따라가다 보면, 책을 사 간 동물과 만날지도 모르오! 그러면 나의 사랑하는 모드에게 무슨 일이 일어났던 건지 기억할 수 있을 거요. 그러면 다 풀리는 거요. 야호! 망각병은 조심해서 잘 관리만 하면 돼!"

"지금 '우리'라고 하셨나요? 설마…."

서점 주인은 고요한 일상을 깨고 사랑하는 서점을 떠날 생각만 해도 아찔한데, 깜짝 놀랄 만한 일이 더 벌어졌다. 앞치마에 뭔가 올라오는 걸 느끼지도 보지도 못했는데, 무릎에서 아주 작은 목소리가 들렸다.

생쥐 샤를로트가 함박웃음을 지으며 소리쳤다.

"그러면 당신을 대신해서 일할 서점 직원이 필요하겠네요! 제가 제격일 거예요!"

출발

여우 아르시발드는 잠자리에 편안하게 누웠지만, 쉽사리 잠들지 못했다. 아버지가 늘 말했다. 경솔하게 굴지 말라고. 서점 주인이 너무 의욕적인 생쥐에게 서점을 맡기고 자리를 비우는 건 신중하지 못한 결정이었다! 생쥐가 미덥지 않아서가 아니라 아무리 야망이 커도 서점 일은 아주 작은 동물이 맡기에는 버거운 짐이었다….

여우와 두더지, 두 친구가 걸을 날수와 방문할 사진 속 장소를 세어 보니 여행은 아무래도 한두 주는 족히 걸릴 것 같았다. 그사이에 무슨 일이 벌어질지 누가 알까? 혹시라도 책장이 작은 생쥐 위로 쓰러지면? 혹시라도 나뭇가지에 진열창이 깨져서 책이 와르르 쏟아지면? 그중 최악은 누군가 책을 제자리가 아닌 다른 곳에 꽂았는데 생쥐가 모르면… 큰일이 따로 없다! 이런 세상에! 이제 곧 서점이 엉망이 될 게 불 보듯이 뻔한데, 어떻게 잠이 오겠는가?

수탉 가스통이 아침 6시를 알릴 때, 아르시발드의 얼굴에는 밤새 잠 못 들고 뒤척이며 불안에 시달린 흔적이 뚜렷이 남았다. 서점 주인은 여행 가방을 챙겨서 사랑하는 서점과 마지막 인사를 하러 계단을 내려갔다. 돌아올 때까지 서점이 지금과 똑같이 나무랄 데 없는 상태이길 빌며 마지막으로 책장들을 쓰다듬었다. 아침을 먹으며 작성한 주의 사항 목록을 계산대에 올려놓고, 황금색 열쇠 10여 개가 달린 꾸러미를 들고는 두더지와 생쥐를 기다리러 밖으로 나갔다.

약속 시간보다 30분이나 일찍 나온 건 진열창에 비치는 아침 해돋이를 감상하고 싶기 때문이었다. 이른 아침의 햇살은 노란색과 주황색으로 세밀하게 나뉘어져서 길게 비추었다. 그런데 서점 근처 긴 의자에 반쪽짜리 호두껍데기를 등에 메고 지팡이를 쥔 두더지 페르디낭이 무릎에 담요를 덮고 앉아

있었다. 여우의 눈이 휘둥그레졌다!

아르시발드가 걱정스러운 표정으로 말했다.

"아니, 왜 이렇게 일찍 오셨어요? 일곱 시에 만나기로 했잖아요? 지금은 여섯 시 삼십 분이에요. 샤를로트 양은 삼십 분 전에는 오지 않아요."

"아, 나의 친구, 여우 선생, 이제야 왔군! 해가 져도 선생이 오지 않아서 시간이 많이 걸린다고 생각했소…. 하지만 본래 두더지가 시간 잘 지키기로 유명하잖소. 그래서 기다렸다오!"

"설마 여기서 밤을 새셨다는 말씀은 아니지요? 만나기로 한 약속은 아침 일곱 시였어요. 저녁 일곱 시가 아니라…."

두더지는 소맷자락으로 안경 유리를 닦으면서 말했다.

"아, 그런가? 그러면 지금 정확히 몇 시오? 아니, 됐소. 중요한 건 『저 너머의 기억』을 찾으러 가는 거니까! 오늘 정말 날씨가 좋지 않소?"

숲은 싱그러운 옷을 입었고, 나뭇잎마다 촉촉한 아침 이슬이 알알이 맺혀 반짝거렸다. 아르시발드는 부엌에서 계피 버터를 바른 토스트 두 장과 김이 모락모락 나는 코코아 두 잔을 내왔고, 두더지는 게 눈 감추듯 먹어치웠다. 두 모험가는 아침을 다 먹고 나서 교문이 열리기를 기다리는 초등학생처럼 긴 의자에 앉아 있었고, 드디어 생쥐 샤를로트가 왔다.

“안녕하세요? 두더지 선생님, 안녕하세요? 여우 선생님, 저는 서점을 운영해 보는 게 오랜 꿈이었어요…. 그래서 지금 말할 수 없이 설—레—요!”

“저 대신 서점을 맡아 주셔서 다시 한 번 감사합니다. 아시겠지만, 제가 서점을 물려받은 이후로 자리를 비우는 건 처음이에요. 서점 일은 명예롭지만, 힘들고 까다로워요. 이건 정말로….”

“열쇠 고마워요! 전 아주 잘해낼 거예요!”

생쥐는 여우의 말을 자르며 폴짝 뛰어 열쇠 꾸러미를 움켜쥐었다. 그러나 열쇠 꾸러미가 어찌나 무거운지 조그마한 생쥐의 팔로 서점 문까지 끌고 가려면 갖은 힘을 쏟아야 했다.

“도와 드릴까요? 제가 열고 열쇠를 놔 드릴게요! 떠나기 전에 두세 가지 더 드릴 말씀도 있어요. 샤를로트 양이 할 일은 간단하게 목록으로 정리해 뒀지만….”

“아이고, 걱정 말고 가세요! 숲에서 이 샤를로트가 일을 제대로 못 한다고 생각하는 동물은 아무도 없어요! 얼마나 꿈에 그리던 일인데요! 잘 다녀오세요!”

작은 동물용 문이 쾅하고 닫혔다. 먼지구름이 폴싹 일어나

근처에서 자던 무당벌레들은 첫 여름 폭풍우가 온 줄 알고 파드닥 날아가 버렸다.

여우는 마음이 놓이지 않아 눈물을 글썽이는데, 두더지는 아랑곳하지 않고 반쪽짜리 호두껍데기를 거침없이 벗고는 누런 사진들을 꺼내 긴 의자 위에 펼쳐놓았다….

"자, 다시 순서대로 정리해 봅시다…. 앗, 한 장이 빠진 것 같네! 이 사진 앞에 이 사진인데, 흠…. 내 기억으로 우리가 첫 번째로 갈 곳은…."

여우는 안절부절못하며 서점 진열창을 멀뚱멀뚱 쳐다보면서 중얼거렸다.

"마멋 부인의 찻집이요. 손님들한테 들은 적이 있어요. 마을 안쪽에 있는데, 페투니아 부인의 상상력으로 만든 독특한 디저트와 차를 마실 수 있는 기분 좋은 장소라고 했어요. 숲 북쪽에 있고, 걸어서 반나절이 걸릴 거예요."

여우는 한쪽 방향을 가리키며 말을 이었다.

"이 길로 쭉 가다가 첫 번째 사거리에서 좌회전하면, 아마 간식 시간 전에 도착할 거예요."

"그 말을 들으니 기운이 솟는군! 차 한 잔에 달콤한 디저트를 먹으면 기억이 돌아올지도 모르오. 물론 부엉이 박사는 그럴 확률이 희박하다고 했지만…. 망각병은 마치 꽃잎이 뜯긴 꽃과 같아서 아무리 다시 붙이려고 해도…."

두더지는 멍해졌다.

"다시 붙이려고 해도, 다시 붙이려고 해도…. 무슨 말을 하려고 했더라? 선생이 뭘 깼소? 그럼 내가 다시 붙여 주리다!"

"페르디낭 선생님, 갈까요? 아름다운 산책이 우리를 기다리고 있어요."

둘은 나란히 서서 앞에 펼쳐진 숲으로 길을 떠났다.

여우는 아무 생각 없이 성큼성큼 걷다가 보폭을 줄였다. 그냥 걷기도 쉽지 않은데, 묵직한 껍데기까지 등에 지고 있어서 걸음이 뒤처지는 두더지와 걸음을 맞췄다. 정말이지 페르디낭은 참 이상한 동물이었다! 그러나 각오만큼은 대단했다!

여우는 일주일 넘게 서점을 비우자니 찜찜했지만, 오랫동안 알고 지낸 손님을 도와 손님의 아내일지 모를 모드를 찾아 함께 모험을 떠나는 건 좋은 일이었다…. 대체 모드는 어떻게 된 걸까?

"페르디낭 선생님, 이 사진 좀 보세요. 선생님과 모드 부인 뒤에 있는 분이 마멋 페투니아 부인이 아닐까요?"

"글쎄. 하지만 그럴 것 같소."

"그런데 이때도 이미 연세가 많으셨던 것 같은데, 아직 이 세상 분이실지 모르겠네요…."

"아니. 나이가 많아도 튼튼한 심장과 똑똑한 머리를 지킬 수 있다오! 물론 지금 내 머리는 약해지고 있지만…."

두더지는 지팡이로 자신의 머리를 탁탁 쳤다.

여우의 배에서 요란한 소리가 났다. 간식 먹을 시간이 되었다는 뜻이었다. 점심으로 먹은 샌드위치는 벌써 여우의 머릿속에서 아득했다. 배 속에서는 더 멀어졌다! 간식도 먹지 않고 계속 길을 가기란 여간 힘든 일이 아니었다…. 걷는 내내 들여다본 지도에는 다음 모퉁이에 찻집이 있었다. 땅 위로 이끼가 무성하게 솟아 있는 커다란 동굴 가게에 불이 켜진 모습이 보이자, 여우는 크게 안도했다. 여우의 배 속에서 또다시 꾸르륵거렸는데, 온 숲이 울릴 만큼 소리가 컸다.

"좀 더 가다가는 두더지를 간식으로 먹겠군!"

두더지가 키득거리면서 여우의 옆구리를 쿡 쳤다.

마멋 페투니아의 찻집

마멋 페투니아의 찻집에는 베리 차와 보리수 꽃의 향기가 부드럽게 감돌았다. 불빛도 은은한 땅굴 한가운데에 참나무 탁자들과 폭신한 안락의자들이 보였다.

몇 시간째 걸어서 기운이 빠진 여우는 서둘러 앉고 싶었다. 여우는 빈 탁자에 자리를 잡으며 감탄했다.

"아주 매력적이네요! 어떤 디저트가 있을지 궁금해요!"

"맞소. 누가 여기까지 올까 싶지만, 몇 시간을 걸어서 올 만하군! 근데 여긴 누가 알려 줬소?"

두더지가 진심으로 묻자, 여우는 미소를 지으며 대답했다.

"아, 제가 아주 많이 좋아하는 친한 친구가요."

딸기 무늬 블라우스에 레이스 앞치마를 두른 마멋이 쾌활하게 말했다.

"안녕하세요? 마멋 페투니아 찻집에 처음 보는 손님들이 오셨네요. 저는 도로테예요. 디저트와 차 메뉴를 보시고 골라 주세요!"

여우가 예의 바르게 물었다.

"안녕하세요? 저기 여쭤 볼 게 있는데요…. 저 옆 탁자에서 들쥐 가족이 먹는 파이가 뭔가요? 머랭이 올라간 거요."

"아, 저 파이요? 우리 집 대표 메뉴, '아모드 파이'예요. 맛있는 파이예요. 드셔 보세요! 진짜 맛있어요! 두 조각 드릴까요? 붉은 베리 차와 보리수 차도 한 잔씩 드실래요?"

페르디낭이 환하게 웃으며 좋아하자, 아르시발드가 말했다.

"네, 그걸로 주세요! 그런데 왜 파이의 이름이 아모드인가요? 무슨 재료가 들어갔나요?"

"아! 그건 일급비밀이에요! 잠시만 기다리세요!"

마멋이 곧장 뒤돌아 부엌으로 가는 바람에 여우와 두더지가 찻집을 방문한 이유를 설명할 틈이 없었다.

여우는 페투니아 부인의 찻집이 사진 속 장소라고 확신했다. 키우는 화초가 있고, 책장에는 책이 더 많아서 현재의 모습은 사진과 달랐지만, 젊은 시절의 모드와 페르디낭이 행복한 표정으로 서 있던 장소라는 건 틀림없었다. 행복이라는 감정이 시간을 뛰어넘어 고스란히 느껴졌다. 지금은 같은 자리에 들쥐와 족제비, 늑대가 달콤한 음식과 문학에 대한 열정을 나누고 있었다. 페르디낭은 멍멍한 표정이었지만, 감탄하는 눈빛으로 마치 처음 온 것처럼 주위를 둘러보았다.

두더지가 말했다.

"친구, 이렇게 좋은 곳을 소개해 줘서 고맙소!"

여우는 참을성 있게 설명했다.

"기억해 보세요. 선생님 때문에 왔잖아요. 선생님은 이미 모드 부인과 오신 적이 있고, 우리는 이 사진에 있는 마멋을 만나러 왔어요."

"아, 선생 말이 맞소! 사진 좀 보여 주시오! 어…. 그런데 사진 좀 보시오! 여기 나와 모드 뒤에 있는 부인 말이오, 조금 전에 본 그 부인이 아니오? 틀림없소!"

친절한 도로테가 페르디낭의 옛 사진 속 페투니아 부인과 닮은 건 부인할 수 없었다. 그러나 있을 수 없는 일이었다! 그동안 인생이라는 위대한 책에서 얼마나 많은 책장이 넘어갔는데. 도로테는 너무 젊었다! 서점 주인이 아는 한, 시간이 흘러도 변하지 않는 건 문학작품 속 인물들뿐이었다.

도로테가 디저트 접시를 내려놓으면서 낭랑한 목소리로 말했다.

"아모드 파이 두 조각 나왔습니다! 맛있게 드세요! 찻주전자를 부엌에 두고 와서 다시 올게요!"

"도로테 부인, 잠시만요…."

여우는 말을 걸려고 했지만, 도로테는 이미 자리를 떠났다.

"페르디낭 선생님, 그냥 먹을까요?"

첫 한 입에 달콤함이 폭발했다. 먹은 것도 별로 없이 반나절 동안 걸으며 오래 기다린 보상이었다. 부드러운 흰색 드레스 같은 머랭과 완벽하게 구워져 캐러멜 버터 맛이 나는 사블레 사이에 놓인 루비처럼 잘 익은 딸기는 숟가락 끝에서 부드럽게 잘렸다. 도로테의 말대로 끝내주게 맛있었다!

여우는 두더지와 미각의 즐거움을 나누고 싶은데, 페르디낭은 어쩔 줄 몰라 하며 숟가락을 문 채 눈물만 줄줄 흘렸다. 슬퍼서 우는 걸까? 아니면 기뻐서 우는 걸까? 어쩌면 둘 다일지도 몰랐다. 그런데 페르디낭은 한 입 한 입 먹을 때마다 더 크게 오열하는 듯했다.

아르시발드가 놀라 물었다.

"왜 그러세요? 맛이 없어요?"

"아니, 아니라오…. 이 맛이… 이 맛이…."

"맛이 왜요?"

두더지는 눈물에 푹 젖은 눈으로 대답했다.

"기억의 맛이라오."

장식무늬 도자기 찻주전자를 들고 온 도로테는 파이 부스러기와 눈물이 범벅이 된 두더지를 보고 깜짝 놀랐다.

도로테가 달랬다.

"아유, 진정하세요! 어떻게 해야 눈물을 그치실까요?"

여우가 나서서 설명했다.

"사실 두더지 선생님은 젊은 시절에 만났던 찻집 여주인인 마멋 페투니아 부인을 만나고 싶어 하세요."

"페투니아 부인이요? 오늘은 쉬시는 날인데!"

여우는 불과 몇 분 전에 안경을 닦았던 큼지막한 손수건을 얼굴에 대고 흑흑거리는 두더지를 쳐다봤다…. 그렇다면 여우와 두더지는 헛걸음을 한 걸까?

도로테가 이어 말했다.

"그만 우시고 뒤돌아보세요! 바로 뒤 흔들의자에 앉아 계시거든요!"

거실 구석, 커다란 괘종시계 옆에 털이 희끗희끗한 마멋 노부인이 차를 홀짝거리면서 소설책 한 장을 넘기고 있었다.

도로테가 물었다.

"할머니, 이 두더지 어른을 아세요? 성함이 페르디낭이시라는데요?"

고개를 들어 두더지를 본 노부인 페투니아의 눈에 반가움의 눈물이 고였다.

"알다마다! 알다마다!"

페투니아 부인은 책을 내려놓았다.

"페르디낭 씨, 당신을 다시 보다니 이게 꿈인지 생시인지 모르겠군요! 착한 모드 부인은 잘 지내고 계세요? 부인께서 가르쳐 주신 머랭 딸기파이 요리법은 감사하다는 말로는 모자라요…. 평생 감사할 일이에요…. 기억하시지요?"

불현듯 페르디낭의 기억이 돌아왔다. 두더지는 눈물이 그렁한 채로 마지막 한 입을 먹으면서 고개를 끄덕였다.

"달콤한 아몬드 가루, 그게 완벽한 파이 맛의 비결이지요."

"맞아요! 우리

는 부인을 기억하려고 '아모드 파이'라고 이름 지었어요. 그 후로 메뉴판에서 한 번도 빠진 적이 없어요."

여우가 들고 있는 사진과 똑같은 사진이 나무 액자에 끼워져 벽에 당당하게 걸려 있었다.

"혹시 책을 챙겨 들고 파이를 먹으러 온 손님이 없었나요? 어제쯤이요. 솔직하게 말씀드리면, 선생님은 기억을 찾는 중이에요. 그러니까…."

아르시발드는 낭패를 겪은 일, 그러니까 거북이의 기나긴 수다에서 시작해서 서점을 비우고 두더지와 함께 길을 떠날 수밖에 없었던 자초지종을 이야기했다. 마멋들은 가슴에 두 발을 모으고서 여우의 이야기를 귀 기울여 들었다. 희미해지는 자신의 기억뿐 아니라 위대한 사랑을 찾고 있는 늙은 두더지의 사연에 찡한 감동을 느꼈다.

"말씀을 듣고 보니, 어제 책을 챙겨 온 손님이 있었어요. 근사한 초록색 가죽 표지로 제본된 책이었어요. 솔직히 자기가 읽을 책을 가져온 손님은 몇 주 만에 처음이었어요! 저희 찻집 책장에도 책이 많아서 오히려 여기서 빌리는 손님들이 많거든요!"

여우가 흥분해서 물었다.

"혹시 생김새가 어땠나요?"

도로테가 대답했다.

"죄송해요. 그건 모르겠어요. 파이를 먹는 내내 외투와 모자를 벗지 않았거든요! 기억나는 건 딱 하나…."

두더지는 도로테가 말을 끝내기도 전에 물었다.

"뭔데요?"

"책을 읽으면서 휘파람을 불어서 바로 뒤에 앉았던 개구리 테레즈 부인이 웃었는데, 아주 밝은 노래였어요. 랄랄라 랄라, 랄랄라 랄라."

도로테가 노래를 흥얼거렸다.

"게다가 책갈피로 쓰던 물건을 두고 갔는데, 아마 이것 때문에 노래를 흥얼거리지 않았나 싶어요. 제가 앞치마에 잘 넣어 뒀지요. 보세요. 여기에 저희 남편 위베르랑 같이 가면 좋겠다고 생각했어요!"

반듯하게 접혀 있던 전단지에는 대왕 참나무와 연미복 차림의 부엉이와 음표가 그려져 있었고, 명성을 날리는 오케스트라의 지휘자인 참나무의 부엉이 제데옹이 이끄는 웅장하고, 멋지고, 유명하고, 도도한 '참나무 음악회'가 열린다는 소식이 실려 있었다. 이 저명한 야외 음악회는 벌써 30회를 맞았고, 열정의 30년을 축하하는 기념 공연이 성대하게 열릴 예정이었다.

서점 주인이 기뻐서 외쳤다.

"참나무 음악회라고? 선생님, 이것 좀 보세요!"

여우는 퍼뜩 스치는 생각에 주머니에서 사진들을 꺼냈다. 나무 위를 가득 메운 관객들 사이에서 찍힌 페르디낭과 모드의 사진 뒷면에는 당시의 추억을 기억하려고 페르디낭이 '참나무 음악회'라고 친절하게 적어 놓았다.

야영

전단지에 따르면, 참나무의 부엉이로 위대한 지휘자인 제데옹의 '참나무 음악회'가 열릴 대왕 참나무가 위풍당당하게 서 있는 숲속 북동쪽까지 가려면 반나절은 걸어야 했다.

아르시발드는 페르디낭에게 밤길을 가기보다 강가에서 야영을 하자고 권했다. 마멋 가족은 하룻밤 묵고 가라고 둘을 친절하게 붙잡았지만, 도로테의 자녀들, 그러니까 잠시도 가만히 있지 못하는 20명의 어린 마멋들과 이불과 베개가 뒤죽박죽인 땅굴 공동 침실에서 함께 자는 건 사양했다! 여우는 한 번도 야영을 해 본 적이 없었지만, 그다지 어렵지 않아 보였다. 소설 주인공들도 자연의 변덕과 외부의 악마에 맞서 싸

웠으니까. 『당근을 위한 나의 왕국』의 토끼 피츠제럴드 기사, 뿔 달린 크고 작은 동물들을 위한 캠핑 안내서 『별이 빛나는 밤』의 양 시메옹이 그랬다. 사실 겁먹을 필요가 전혀 없었다. 덤불에서 나는 아주 작은 소리나, 나뭇가지가 바스락거리는 소리, 캄캄한 데서 들릴락 말락 하는 발소리, 어둠을 가르며 심장을 얼어붙게 만드는 울부짖음만 없다면 말이다…. 부르르! 아르시발드는 이토록 떨린 적이 없어서 페르디낭에게 몇 센티미터 더 다가갔다. 여우의 이름을 걸고 말하지만, 그저 안전을 위해서였다!

두더지는 야영을 해 본 경험이 많아 보였다. 여우와 두더지가 잠잘 텐트를 펼칠 때, 페르디낭은 머뭇거리지 않고 큼지막한 조약돌을 집어 땅에 말뚝을 시원스럽게 박고, 말뚝에 가는 줄을 걸어서 텐트가 날아가지 않게 단단히 고정했다. 두더지는 말의 기억력은 부족해도 행동의 기억력은 여전히 완벽하게 작동했다. 그동안 여우는 10개가 좀 넘는 둥근 돌과 낙엽과 마른 나뭇가지를 주워 모았다. 캠프파이어만 한 게 없다는 생각이었다. 자기 전에 책을 읽으려면 불빛도 필요하고, 챙겨 온 달콤한 마시멜로도 구워 먹을 수 있어서 금상첨화였다.

"야영 준비가 다 됐네요! 우리 대단하지 않아요? 이제 불 좀 피워서 마시멜로를 구워 먹어 볼까요?"

"난 너무 피곤해서 자야겠소. 그리고 원래 캠프파이어를 좋아하지 않소! 불장난은 안 돼!"

아르시발드는 몸짓과 표정으로 연기했다.

"에이, 어린애처럼 굴지 마세요…. 나무 막대기에 마시멜로를 끼워서 구우면 맛있지 않겠어요?"

"전혀!"

두더지는 퉁명스럽게 대답하며 텐트의 양쪽 면을 거칠게 닫았다.

"미안하지만, 난 늙고 피곤한 동물이라오!"

꿍얼꿍얼 두더지의 볼멘소리가 이내 잦아들며 크게 코 고는 소리로 바뀌었다.

뜻밖이었다! 여우는 두더지가 이렇게 발칵 성을 낼 줄 몰랐다. 할아버지 코르넬리우스가 늘 말했다. "어떤 상황에서든 긍정적으로 생각해라." 두더지가 거절해서 여우가 먹을 마시멜로가 더 생긴 셈이다! 아르시발드는 돌을 가지런히 놓고 불씨를 만들기 위해 돌들을 비볐다. 마법이 통하면, 낙엽에 불이 붙어 활활 타올라 주위를 따뜻하게 해 줄 것이다.

마법이 통했다. 불과 몇 분 만에 연기가 살살 피어오르더니 다채로운 불길로 활활 타오르며 멋진 난로로 변해 여우의 긴장된 근육을 풀어 줬다. 제법 쓸 만한 나무 막대기도 구해 마

시멜로를 몇 개 꽂아서 구웠다. 달콤하지만 뜨거워서 혀를 데였지만 따뜻해졌고, 불빛에 책을 읽을 수 있었다.

여우는 어린 시절부터 좋아한 모험 소설의 상권을 챙겨 왔다. 아버지가 직접 제본한 모험 소설의 앞표지 날개에는 아름다운 나무껍질 서점 전 주인의 아주 유명한 낙관, '잉크병을 쥔 여우'가 찍혀 있었다. 여우는 생각했다.

'나도 나만의 낙관을 만들어야지…. 아버지의 낙관을 계속 쓸 수는 없어.'

이 책은 아르시발드에게 무척 특별했다. 왜냐하면 책을 읽었지만 결말을 모르는 첫 책이었기 때문이다. 『정상에 도달하고 싶은 모험가』는 두 권으로 나눠서 제본한 작품의 상권이었다. 하권은 아르시발드가 어렸을 적에 학교에 간 사이에 상권 없이 팔렸다. 학교에서 돌아와 하권이 없다는 걸 알았을 때 하늘이 무너지는 줄 알았다! 그럼에도 불구하고 왠지 모르게 여우는 상권에 대한 애정이 깊어져서 생쥐 펠리시 부인의 정원에서 잔디를 깎고 처음으로 개암 열매를 벌었을 때, 서점의 다른 손님들처럼 개암 열매를 내고 문고판 책을 샀다. 당시 서점에서 일하던 아버지와 할아버지가 대견하게 지켜봤다. 그 후로 여우는 상권을 언제 어디에나 가지고 다니며 수백 번 넘게 읽었다.

여우는 반전에 반전을 거듭하는 모험가의 이야기에 푹 빠져서 두더지가 텐트를 열고 나오는 것을 전혀 알아차리지 못했다. 두더지는 눈이 어두워서 여우와 서로 아는 사이라는 걸 깨닫지 못했다. 두더지 페르디낭은 잔뜩 경계하며 불에서 멀어지려고 했다.

두더지는 잠에서 덜 깬 목소리로 말했다.

"모드?"

아르시발드는 책을 내려놓으면서 대답했다.

"페르디낭 선생님, 저예요. 두려워하지 마세요."

두더지는 여우가 본 적 없는 공격성을 띠며 대꾸했다.

"당신 누구야? 당신이 왜 여기에 있어? 모드, 당신 거기에 있어? 모드, 대답 좀 해 봐!"

"페르디낭 선생님, 모드 부인은 안 계시잖아요. 그래서 우리가…."

아르시발드가 말을 끝낼 새도 없이 달려든 페르디낭이 아르시발드의 멱살을 와락 붙잡고 흔들었다.

"없다니, 그게 무슨 말이야? 악랄한 포식자, 모드를 어떻게 한 거야? 네 놈이 왜 우리 집에 있어?"

서점 주인이 설명했다.

"저예요. 서점 주인 여우요. 모르시겠어요?"

두더지는 친구를 잠시 빤히 쳐다보다가 더 크게 고함쳤다.

"거짓말하지 마! 코르넬리우스는 흰 털에 반달 모양의 안경을 쓴 멋진 여우야! 넌 네가 우기는 그 여우가 아니야!"

아르시발드는 『정상에 도달하고 싶은 모험가』의 표지를 힐

끗 보고서야 페르디낭이 아르시발드의 할아버지를 이야기한다는 걸 깨달았다. 아르시발드의 할아버지는 몇 년 전부터 매우 아름다운 은빛 털을 뽐내기 시작했다. 페르디낭은 잠에서 덜 깬 상태에서 망각병까지 겹쳐져서 과거의 어느 시점으로 돌아가 있었다. 그 시절의 아르시발드는 책을 좋아하던 어린 여우에 불과했다. 과거에 머물고 있는 두더지는 여우를 알아보지 못했다.

아르시발드가 불에 올려놓고 깜빡한 마시멜로 막대기에 불이 붙었고, 불티가 마른풀에 튀었다. 당황한 두더지는 더욱더 겁에 질려 울음을 터뜨렸다.

"모드, 어서 와, 모드! 불이 번지고 있어. 여기서 떠나야 해! 모드, 나의 사랑, 어서 와! 제발!"

서점 주인은 친구를 말릴 수도, 설득할 수도 없어서 텐트 가방을 비우고 강으로 달려가 물을 가득 채웠다. 두더지를 진정시키려면 불부터 빨리 꺼야 했다.

페르디낭은 텐트 줄과 말뚝을 뽑으면서 계속 울부짖었다.

"모드! 모드!"

여우가 돌아와 물을 캠프파이어에 뿌렸는데, 두더지에게도 튈 수밖에 없었다. 연기가 하늘을 뒤덮고, 마지막 불꽃도 꺼져 컴컴해졌다. 페르디낭은 몹시 당황해서 자신을 쳐다보는 아르시발드를 이상하다는 듯이 바라보다가 눈길을 돌렸다. 아르시발드는 풀썩 주저앉으려는 페르디낭을 제때 붙잡아 안고는 큼지막한 적갈색 앞발로 토닥토닥 다독였다.

늙은 두더지는 비몽사몽간에 중얼거렸다.

"모드, 나의 사랑, 나랑 가자…."

"두려워하지 마세요. 선생님은 지금 저랑 안전해요."

두더지가 김이 서린 안경 너머로 눈을 뜨며 말했다.

"나의 친구, 여우 선생, 당신 맞소?"

"네, 저예요. 이제 좀 주무세요. 모드 부인은 내일 찾으러 가요. 알겠지요?"

"그래요. 아르시발드, 그래요…."

두더지는 금세 잠들었다. 여우는 텐트에 친구를 편안하게 눕힌 뒤 밤새 곁을 지켰다. 아침에 잠에서 깬 페르디낭은 간밤의 일을 전혀 기억하지 못했다. 공포에 질리고, 불이 나고, 모드를 애타게 찾고, 친구를 친구의 할아버지로 착각했던 것까지… 정말 아무것도 기억하지 못했다. 그저 계피 버터를 바른 빵을 아침으로 먹고 싶다는 생각밖에 없었다.

나무 꼭대기까지 올라가기

두 친구가 다시 길을 떠날 때, 해는 벌써 하늘 높이 떴다. 아르시발드는 외투에 묻은 먼지를 털어서 입고, 버터 바른 빵을 배불리 먹고, 침낭을 개고, 타고 남은 재를 치우고, 텐트를 걷었다. 진짜 모험가 같았다. 페르디낭은 여행을 마칠 수 있을까? 갈 길은 먼데 밤마다 두더지가 과거의 어느 순간으로 돌아가면, 여우는 그때마다 두더지를 현실로 데려올 수 있을까? 여우는 자신이 없고 겁도 났지만, 길은 계속 가야 했다!

참나무 음악회를 보려면 강을 따라서 가야 했다. 이 계절에는 강둑 풍경이 장관을 이뤘다. 벌써 멀리 신화와 전설의 나무, 대왕 참나무가 구름을 내쫓기라도 하려는 듯이 하늘을 향해 높이 뻗어 있는 모습이 보였다. 강가 풀밭에는 황새냉이와 미나리아재비가 어울려 피어 있었다. 서점 주인은 마음 가는 대로 봄을 찬미하는 시를 읊었다. 강물에 둥실둥실 떠 있는 분홍색과 흰색 수련은 빙글빙글 돌면서 왈츠를 췄다. 소금쟁이는 물 위에 가볍게 떠서 수중발레를 뽐내고 다녔다.

여우는 강기슭에 다가가면서 생각이 났다.

"저희 할아버지 코르넬리우스는 '우리가 가지고 있는 작은 고통은 우리가 살아온 증거'라고 늘 말씀하셨어요. 제본하느라 닳은 발, 책장에 정리하는 책의 무게 때문에 굽은 등이 그렇지요…."

여우는 말을 멈추며 오른쪽을 쳐다봤다.

"소리가 들리지 않아요? 일종의…."

통나무와 밧줄로 만든 바지선이 강 상류에서부터 요란한 소음을 내며 점점 가까워졌다. 그러나 '소음'은 고전주의 음악과 시시하고 뻔한 공연을 신랄하게 비판하면서 장안의 화제를 몰고 다니는 참나무의 부엉이 제데옹이 창작한 현대음악을 정의하기에는 아주 무례한 단어였다. 길이 약 20미터, 폭 약 10미터의 거대한 목조 구조물 위의 안락의자에 앉은 동물 연주가들 100여 명은 연미복 차림에 턱을 오만하게 들고, 귀가 쫑긋한 부엉이가 검을 휘두르는 듯 허공을 가르는 지휘봉을 따라서 연주했다. 쉴 새 없이 둥둥거리는 북소리에 메뚜기떼는 야만적인 음악을 1분 이상 듣게 될지 모른다는 생각에 공포에 질려서 허둥지둥 도망쳤다. 사자들은 오보에, 얼룩말들은 클라리넷, 고릴라들은 첼로, 흰곰들은 바순을 연주했는데, 단원 구성이 무척 다양했다. 전 세계에서 연주가들을 모집했기 때문이다. 선발 기준은 딱 하나, '탁월성'이었다! (그리고 제데옹은 흠 잡을 데 없는 연주를 원했기 때문에 새벽 2시에 느닷없이 하는 연습도 견딜 수 있어야 했다….)

바지선이 여우와 두더지 근처에 왔을 때, 여우는 고개를 숙여 경의를 표했고, 두더지의 머리도 눌러 따라하게 했다. 원래 천재는 남들이 존중해 주지 않으면 싫어하기 때문이다….

여우가 칭찬을 했다.

"안녕하세요? 참나무의 부엉이 지휘자님! 선생님의 공연을 빨리 보고 싶습니다. 숲을 통틀어 최고라고 하던데요?"

부엉이는 여우와 두더지를 쳐다보지도 않은 채 발끈 성을 냈다.

"숲을 통틀어서?!"

부엉이는 소음을 뚫는 큰 소리로 말했다.

"전 세계에서 우리에게 와 달라고 부탁하고, 갈채를 보내고 있어요!"

아르시발드는 발걸음을 재촉하면서 물었다.

"죄송합니다만, 배를 몇 분만 늦춰 주실 수 있나요? 선생님의 귀한 시간을 많이 뺏지는 않겠습니다. 질문 하나만 짧게 드리고 싶은데, 이 사진 좀 봐 주실래요?"

제데옹은 돌아보지 않고, 연주도 멈추지 않은 채 소리쳤다.

"질문이라고요? 당신은 운이 좋군요. 내 음악은 당신이 궁금해하는 모든 질문의 답이니까요!"

부엉이는 단원들에게 말했다.

"제군들, 계속 전진! 성공을 향해 전진!"

부엉이의 명령에 따라 두꺼비 네 마리는 노를 저으며 항해를 시작했다. 바지선은 햇살에 반짝이는 강물 위를 가볍게 미끄러지듯이 나아갔고, 어느새 연주가들은 말을 걸 수 없을 만큼 멀어져 버렸다. 여우는 달려가 바지선을 따라잡을 수 있었지만, 페르디낭에게는 힘든 일이었다. 게다가 지금 페르디낭은 버섯밭에 허리를 굽히고서 곰보버섯 근처에서 파닥거리는 나비 한 마리를 잡느라 정신이 없었다.

서점 주인은 두더지의 호두껍데기를 잡아당기며 말했다.

"어서 가요! 이러다 음악회에 늦겠어요!"

"아르시발드, 무슨 음악회요? 나는 여기 남아서 나비를 관찰할래요. 신기하지 않아요? 신기하지…."

그러나 두더지는 말을 마저 끝내지 못하고 서점 주인이 잡아끄는 대로 끌려갔다.

그렇게 빠르게 한 시간을 걸어가니 마침내 대왕 참나무의 뿌리가 보였다. 연주가들은 벌써 악기를 배에서 내렸고, 서둘러 두꺼운 밧줄로 악기를 등에 메고 있었다. 참나무 음악회가 특별한 이유는 음악회가… 진짜로 참나무 꼭대기에서 열리기 때문이었다. 나무 밑에 세워진 알림판에 따르면, 대왕 참나무의 나이는 천년이 넘었고, 둘레는 약 50미터, 높이는 땅에서 공연장까지 272미터라고 했다. 관객들이 나무 꼭대기에서 열리는 음악회를 보려면, 모두 1천 443개가 넘는 계단을 올라가야 했다. 참나무 꼭대기가 음악회를 열기에 가장 알맞은 장소인지 묻는 질문에 참나무의 부엉이 제데옹은 '음악을 좋아한다면, 이 정도는 약과'라고 말했다….

계단을 따라 올라가면 나뭇가지마다 알록달록한 상점들이 움직이지 않는 새처럼 늘어서 있고, 시원한 레몬에이드, 메이플 시럽을 넣은 빙수, 영양이 풍부한 도토리 가루로 만든 크레이프를 팔았다. 또 대왕 참나무 미니어처와 위대한 제데옹을 본뜬 목각 인형(숲 등록 상품), 추위와 일사병을 막아 주는 실크 스카프와 어린 동물들을 위한 작은 악기들도 팔았다. 마지막으로 나무 꼭대기 상점에는 세상에서 가장 맛있는 밤

튀김을 판다는 소문이 자자했다. 손님의 손이 더럽혀지지 않게 참나무 잎으로 싸서 주는 밤 튀김은 밤에 설탕, 블랙베리 잼, 밤 가루를 발라 끓는 기름에 튀기는데, 늦은 봄에도 가을의 맛이 고스란히 느껴지고, 맛이 폭발한다고 했다!

여우는 빠르게 계단을 오르느라 숨을 헐떡이면서 외쳤다.

"저기 보세요! 지휘자 제데옹이 저기에 있어요! 이제 선생님 사진을 보여 드리면 돼요!"

"아, 모드, 나의 사랑, 모드! 그래요, 서둘러요!"

그러나 부엉이는 바지선에서 내리자마자, 나무를 빙 두른 계단을 오르지 않고 참나무 꼭대기까지 곧장 날아가 버렸다.

서점 주인은 허탈해했다.

"아, 우리는 천사백사십삼 계단을 걸어 올라가는 수밖에 없네요."

아르시발드는 순진하게 동그랗게 뜬 눈으로 자신을 말똥말똥 쳐다보는 두더지를 보면서 어떻게 해야 할지 알았다. 특별한 서점 주인이라는 명성을 유지하고 싶다면, 약간의 고통은 참을 줄 알아야 한다! 서점 주인은 연주가들에게 밧줄을 빌려서 친구를 등에 업은 다음, 밧줄로 둘러서 외투 앞에서 매듭을 세게 묶었다. 페르디낭은 늘 그렇듯이 백일몽에 빠져서 얼굴 근처에서 기웃대는 작은 벌레들과 장난쳤다. 강둑을 지나가던 동물들은 나중에 기자들에게 머리가 둘인 거북이가 유명한 참나무 음악회장을 향해 긴 나무 계단을 오르는 모습을 봤다고 말했다.

100번째 계단에 올랐을 때, 여우는 벌써 털이 땀에 젖었다. 해에 가까워져서 더 뜨거운 걸까? 500번째 계단에 다다른 여우는 현기증 때문에 아찔해서 위도, 아래도 쳐다보지 못했다.

여우는 '정상에서 맛볼 밤 튀김만 생각하자! 발밑은 쳐다보지 말자!'라고 되뇌었다. 여우가 두더지를 업고 오르는 동안, 참나무 오케스트라 단원들이 한 마리씩 여우를 추월해 갔다. 악기를 들거나 어깨에 메고 거의 뛰다시피 두 칸씩 올라갔다. 1천 번째 계단에서 여우와 두더지는 말린 바질을 올린 레몬에이드를 한 잔 마시며 잠시 쉰 다음, 나머지 마지막 계단 400개를 올랐다. 서로 아무 말도 하지 않았다. 페르디낭은 망각병에 걸렸고 늘 모든 상황을 제대로 알지 못했지만, 이번만큼은 자신을 업은 착한 여우가 어떤 대화도 할 수 없는 상태라는 걸 깨달았다….

나무 꼭대기에서 맞이하는 밤은 빠르게 찾아왔고, 망각의 덮개도 두더지의 기억을 뒤덮었다. 그러나 악기를 조율하는 첫 음이 울리자, 페르디낭은 과거의 메아리가 들린 것 같았고, 망각의 덮개도 대번에 걷혔다.

갑자기 두더지가 재촉했다.

"아르시발드, 어서 빨리 올라갑시다."

"선생님, 최선을 다하고 있지만, 이 많은 계단을 오르는 건 당신의 종에게는 고문이나 다름없어요! 앞으로 살면서 이렇게 많은 계단을 오를 일은 다시는 없을 거예요!"

"친구, 당신이 모르는 모양인데, 정말 서둘러야 하오."

"무슨 말씀이에요? 스무고개처럼 말씀하지 마세요!"

페르디낭이 눈가에 눈물이 맺히고, 입가에 미소를 머금고서 말했다.

"모드!"

"네에?"

"저 위에 모드가 있소. 틀림없소."

음표들이 하늘 높이 별들을 쫓아 힘차게 날아올랐다.

참나무 음악회

참나무의 부엉이 제데옹의 삶은 항상 순풍에 돛을 단 배와 같지만은 않았다. 오히려 반대였다. 유명한 과학자의 집안에서 막내로 태어난 제데옹은 형들과 특히 아버지 스타니슬라스로부터 음악에 대한 열정을 인정받기가 쉽지 않았다. 제데옹이 11개월밖에 안 된 아기 새였을 때, 유아용 의자에서 식사를 기다리다가 첫 명곡 〈스푼과 포크를 위한 협주곡〉을 작곡하자, 아버지 스타니슬라스는 처음으로 위궤양도 아닌데 속이 울렁거리는 불안감을 느꼈다….

제데옹은 30주년 기념 음악회를 공들여 준비했다. 특별히 30년 전에 들은 이후로 줄곧 머릿속에서 떠나지 않는 멜로디

를 편곡해서 헌정곡도 지었다. 오늘 밤에는 딱 30년 전에 제데옹이 결코 잊지 못할 행복한 사건의 현장이었던 첫 참나무 음악회의 감미로운 밤을 기릴 것이다….

붉은 벨벳 커튼은 여전히 닫혀 있고, 웅성거리던 관객들은 클래식 음악에 맞춰서 이내 조용해졌다. 부엉이한테는 보이지 않는 넷째 줄에 앉은 우아한 외투 차림의 여우와 큼지막한 안경을 쓴 두더지는 여전히 따끈따끈한 밤 튀김을 먹고 있었다. 커튼이 열리자, 단원들이 일어났다. 각자 악기를 들어 보이자, 첫 줄에 앉은 어린 동물들이 좋아했다.

제데옹 목각 인형을 쥔 어린 동물들이 웅성거렸다.

"그런데 제데옹 지휘자님이 어디로 갔지? 지휘자님이 없어졌나?"

단원들이 다시 자리에 앉자 퍼드덕거리는 날갯짓 소리가 밤하늘에서부터 들려왔고, 조명이 악보를 펼쳐 놓는 보면대를 비추자 연미복 차림의 부엉이가 보면대 뒤로 살포시 내려와 깃털에 쥐고 있던 황금색 지휘봉으로 나무를 톡톡 쳤다. 그러자 관객들은 환호하며 발과 발톱과 날개로 있는 힘껏 갈채를 보냈다.

"안녕하세요? 숲의 동물 여러분, 저는 아름다운 오케스트라의 지휘자, 참나무의 부엉이 제데옹입니다. 제삼십 회 참나무 음악회를 시작하겠습니다!"

그리고 음악은 눈부신 빛처럼 밤을 가득 메웠다. 통나무에 앉은 동물들은 작곡가의 생동감이 넘치면서도 서사적이고 저돌적인 대담한 편곡에 흥분했다. 음악회는 대왕 참나무의 꼭대기라는 특별한 장소에 가만히 앉아서 누리는 환상적인 여행이었다. 100여 마리의 동물 관객들은 밤하늘의 별빛과 나뭇가지마다 걸린 알록달록한 등불 아래에서 음악에 취했다. 그들의 발아래, 나무의 마디에서 씨앗이 자라 나무가 된 놀라운 이야기, 그래서 시대와 세기 그리고 지난 음악회들을 지켜본 증인이 된 엄청난 이야기를 들었다.

여우 옆에 앉은 두더지는 자신

이 어디에 있는지 또 잊은 채 시끄럽게 밤 튀김을 먹다가 주위 관객들에게 항의를 받았다. 두더지가 손수건을 꺼내 발을 닦고 코를 풀자, 제데옹도 관객석 쪽으로 180도 고개를 홱 돌렸고, 그러자 늙은 두더지는 흠칫 놀라 작게 숨죽여 소리를 질렀다. 오케스트라 지휘자의 지적은 수없이 이어졌지만, 두더지의 생각은 별에, 마음은 딴 데 가 있었다…. 여우는 창피해서 외투 자락으로 얼굴을 가렸지만, 비웃음을 피할 수는 없었다.

공연의 마지막 순서가 되자, 부엉이가 말했다.

"이제 여러분에게 저의 신곡을 소개하려고 합니다. 이 자리에서만 독점 공개하는데요. 〈모드에게 보내는 편지〉입니다!"

그 말을 들은 여우는 깜짝 놀라 통나무 의자에서 떨어질 뻔했다. 여우는 두더지를 불러 나지막하게 말했다.

"페르디낭 선생님, 지휘자가 한 말 들었어요?"

그러나 두더지는 허공을 멍하니 쳐다보며 밤 튀김 포장지만 접었다 폈다 했다…. 여우는 두더지를 현실로 다시 데려오기

위해 30년 전, 같은 장소에서 모드와 함께 찍은 사진을 보여 줬다. 두더지가 사진을 보며 망각병과 딴생각에서 벗어나길 빌었다. 그러나 두더지는 조용히 해 달라는 주위 항의에도 포장지를 접었다 펴기를 멈추지 않았다. 혹시 남았을지 모를 설탕 알갱이라도 찾아 배고픔을 달래려고 말이다…. 아르시발드는 두더지의 정신을 차리게 해야 했다!

참나무의 부엉이 제데옹이 말했다.

"이 노래는 친구에게 영감을 받아 쓴 곡입니다. 훌륭한 두더지 부인이셨고, 그분을 만나 제 인생이 바뀌었습니다. 여기 어딘가에서 우리의 연주를 듣고 계시면 좋겠습니다…."

페르디낭은 눈을 뜨고 자는 것처럼 보였다. 그러나 첫 음이 울려 퍼지자, 밤 튀김 포장지를 바닥에 툭 떨어뜨리며 무대를 뚫어지게 쳐다봤다. 무대에서는 제데옹이 지휘봉으로 작고 생동감 넘치게, 때로는 슬픔에 젖은 움직임으로 지휘했다. 피아

노는 호수에 빗방울이 떨어지듯이 통통 가볍게 튕기면서 거의 동요 같은 멜로디를 연주했고, 곧이어 현악기와 작고 소심한 북소리가 합쳐졌다. 북은 소리를 내기보다 박자를 맞추려고 쳤다. 페르디낭은 두 뺨에 눈물을 흘리며 연주에 맞춰서 노래를 부르기 시작했고, 여우는 두 귀를 의심했다. 처음 몇 마디는 서툴렀지만 문장이 되고, 뜻을 갖고, 마침내 숲과 사랑을 기리는 가사로 변했다.

원하면 자고, 원하면 꿈을 꿔
그러나 비밀의 숲에서만 자라야 해
나의 사랑, 봐, 시간이 멈춘 것 같지
주위 나무들이 우리를 지켜 줄 거야

원하면 자고, 원하면 노래해

당신의 온기를 소중히 간직할 거야
해가 뜨면 나도 비밀의 숲에서
자라날 거야…

여우는 사랑이 넘치는 음악에 가슴이 찡했다.

"페르디낭 선생님."

페르디낭은 가사 하나하나에, 음 하나하나에 가장 아름다운 시절로 되돌아간 것 같았다. 기억은 희미해지고 있지만, 그토록 사랑했던 모드의 온기를 기억했다. 마치 모드가 곁에 있는 듯했다. 어쩌면 있을지도 몰랐다. 그런데 페르디낭의 노래보다도 더 놀랄 일이 벌어졌다. 두 번째 줄에서 멜로디를 작게 따라 부르는 또 다른 소리가 들렸다. 뒷모습밖에 보이지 않고 수수께끼 같은 실루엣이라 정체를 알 수 없었지만, 〈모드에게 보내는 편지〉라는 감미로운 곡을 온몸으로 기뻐하며 흥얼거렸다.

그러나 곡은 벌써 끝났다. 마지막 음이 연주되자, 관객들은 감정에 북받쳐 우레 같은 박수를 보냈다. 엄청난 감동이었다.

참나무의 부엉이 제데옹이 외쳤다.

"대단히 감사합니다! 여러분은 삼십 주년 기념 음악회를 마법 같은 사건으로 만들어 주셨습니다! 물론 저도 조금 기여를 했지요! 그렇지요? 그러면 다음에 만납시다! 참나무 친구들! 다음에 만나요!"

아르시발드가 재촉했다.

"페르디낭 선생님, 모드 부인이 저기에 계신 것 같아요. 서둘러요!"

페르디낭이 희망에 들떴다.

"모드? 모드가 여기에 있다고?"

"어서 가요, 가! 저기 큰 외투요!"

여우는 소지품을 챙길 새도 없이 친구를 줄 끝으로 밀었다. 대왕 참나무 꼭대기에서는 관객들이 여전히 박수를 치고 있었다. 몇 년이 지나도 여러 동물들의 입에 오르내릴 특별한 순간을 경험했기 때문이었다. 무대 위에서는 연주자들이 서로 축하했다. 아르시발드는 모드라고 생각되는 두더지를 찾으려고 사방을 두리번거리며 어두컴컴한 곳까지 샅샅이 살펴봤지만, 동물들이 너무 많았다! 벌써 몇몇 동물들은 집으로 돌아가기 위해 계단을 내려가기 시작했다. 서점 주인은 페르디낭을 사탕 봉지처럼 흔들면서 관객들을 밀치고 나아갔고, 지나가면서 주위 동물들에게 연신 사과했다.

"페르디낭 선생님, 저기 보세요! 밤 튀김 가게 옆이요! 절 따라오세요!"

두더지는 신발 끈이 풀린 줄도 모른 채 중얼거렸다.

"달이 아름답기도 하지…."

"저기 보세요! 밤 튀김 가게 옆이요! 모드 부인 같아요!"

문제의 동물은 종이 봉지를 받아 들고는 개암 열매를 냈고, 상냥한 가게 주인은 맛있게 먹으라고 인사했다.

진실이 불과 몇 걸음밖에 남지 않아 여우는 승리의 함성부터 질렀는데, 두더지가 풀린 신발 끈을 밟고 비틀거리다 여우를 덮치면서 넘어졌고, 누가 건드리는 것을 극도로 싫어하는 동물의 발치까지 데굴데굴 굴러갔다…. 서로 포개져서 축 늘어진 여우와 두더지가 눈을 들어 보니 위풍당당한 부엉이가 다른 동물들에게 둘러싸여서 환호를 받고 있었다.

지휘자는 버럭 화를 냈다.

"아니, 누가 감히 전설적인 사인회를 하고 있는 전설적인 지휘자, 참나무의 부엉이 제데옹을 방해하는 거야? 아니… 잠깐만…, 아니… 페르디낭 선생님 아니십니까?"

부엉이는 두더지의 안경이 날아갈 만큼 두더지를 와락 껴안았다.

첫 번째 공연

올빼미 마리 카모마일이 제데옹의 손님들에게 미소를 지으며 말했다.

"차 한 잔씩 드시겠어요?"

여우와 두더지는 깔개가 덮인 소파에 편안하게 앉아서 가정부 마리 카모마일이 무늬 장식 쟁반에서 도자기 찻주전자를 반들거리는 어두운 색 탁자에 내려놓는 과정을 가만히 지켜봤다. 여우와 두더지는 가정부에게 친절하게 감사 인사를 했다. 그런데 가정부는 몇 번이나 멍하게 차를 잔에 넘치게 부었다. 마리 카모마일은 참나무의 부엉이 가족과 나무 집을 보살핀 지 벌써 몇 년이 됐다. 짬이 날 때는 연애 소설을 읽었는데, 소설 속 아름다운 여주인공은 짝사랑하는 부엉이에게 자신의 감정을 털어놓는 용기가 있었다. 그러나 마리 카모마일은 그런 용기를 내지 못했다….

“음악회 때문에 이틀이나 숲을 지나 오셨군요! 정말 대단한 모험을 하셨습니다! 여러분의 여행을 유쾌하고 힘찬 행진곡으로 작곡하고 싶습니다!”

부엉이는 악보가 굴러다니는 그랜드피아노로 날아갔다. 아르시발드는 제데옹에게 누렇게 바랜 ‘참나무 음악회’ 사진을 보여 주면서 말했다.

“그러실 필요까지는 없는데, 감사합니다. 그런데 〈모드에게 보내는 편지〉에 대해서 좀 말씀을 해 주실래요?”

“아, 네! 이건 첫 공연 사진이군요! 그런데 이건 우리 친구, 페르디낭 선생님께 여쭤 보는 게 낫지 않을까요? 페르디낭 선생님, 왜 모드 부인과 같이 오지 않으셨습니까?”

찻잔 속에 둥둥 뜬 갈색 찻잎을 내려다보던 페르디낭은 아무 말 없이 크리스털 설탕 용기 옆에 있는 받침 접시에 찻잔을 내려놓았다. 그러고는 등에 멘 호두껍데기를 묶은 끈을 풀어 모험을 떠나기 전에 여우에게 보여 줬던 누런 봉투를 다시 꺼내 사진 넉 장을 탁자 위에 펼쳐놓았다.

“내 사랑 모드에 대해 기억하는 건 이게 전부라오…. 나머지 기억은 내 회고록에 있는데, 며칠 전에 어떤 동물이 여우 선생 서점에서 사 갔소. 나는 몇 달 전에 망각병에 걸렸고 내 머리가 변덕을 부려서 대체 무슨 일이 일어났는지 몰라 기억을 찾고 있소. 기억을 찾고 있소…. 기… 기억? 무슨 기억?”

두더지는 어리뻥뻥한 표정을 지으며 말을 잇지 못했다.

“모드 부인이요. 우리가 이 사진들을 가지고 선생님의 기억을 찾는 중이잖아요.”

여우는 제데옹을 쳐다보며 말했다.

“참나무의 부엉이 선생님, 모드 부인에 대해서 아시는 대로 말씀해 주실래요?”

부엉이는 침통한 표정을 지으며 대답했다.

“아, 그렇군요. 죄송합니다. 페르디낭 선생님, 큰 병을 앓고 계시는군요…. 제가 말씀드릴 수 있는 건, 두 분은 정말로 사랑하셨다는 겁니다. 할 수 있는 한 열렬히 사랑하셨어요!”

그 말에 마리 카모마일의 심장이 다시 쿵쾅거렸다.

“첫 참나무 음악회를 열 때, 저는 해냈다는 기쁨이 말할 수 없이 컸습니다. 하지만 한편으로는 제 길을 인정해 주지 않는 아버지와 사이가 틀어져서 몹시 속상했어요. 아버지는 과학만 인정하시고, 예술은 어떤 형태든 싫어하셔서 제 초대를 거부하며 공연에 오지 않겠다고 하셨습니다. 그래서 첫 곡을 장

송곡처럼 힘없이 지휘하는데, 제가 얼마나 예민한지 아시지요? 관객석에서 '여기요! 여기!'라고 작게 절 부르는 목소리가 들렸습니다! 그래서 뒤돌아보니, 사랑스러운 작은 두더지 부인이 앞발을 들고서 바로 옆에 큰 외투와 큰 모자로 모습을 가리고 앉은 동물을 가리키지 않겠습니까? 바로 제 아버지, 참나무의 부엉이 3세, 스타니슬라스였습니다. 뜻밖에도 아버지가 제 연주를 보러 오셨고, 연주를 기다리는 동안 유쾌한 모드 부인과 인사를 나누셨던 겁니다…."

녹슨 굴대가 삐걱거리며 돌아가는 소리가 가까워지면서 떨리는 목소리가 들렸다.

"내가 무뚝뚝하기는 해도 아들을 무척이나 자랑스럽게 여긴다오."

마리 카모마일이 휠체어를 밀고 음악실에 들어와 페르디낭의 옆자리에 세웠다. 휠체어에는 망토에 두툼한 담요를 덮은 흰색 깃털의 나이 든 부엉이가 앉아 있었다. 참나무의 부엉이 3세, 스타니슬라스였다. 그의 깃털에는 숲의 최고 기관에서 수여하는 반짝거리는 훈장이 주렁주렁 달려 있었다.

여우는 허리를 굽혀 정중하게 인사했다.

"참나무의 부엉이 어르신이시군요."

제데옹은 다정한 눈빛으로 아버지를 바라보며 말했다.

"그날 이후로 아버지와 저는 사이가 많이 가까워졌습니다. 이제는 우리의 소중한 마리 카모마일의 도움을 받아 제가 아버지를 보살피고 있습니다. 아버지께서는 더 이상 제 음악회에 오실 수 없지만, 방에서 망원경과 보청기로 보고 들으십니다. 이게 다 모드 부인 덕분입니다. 그리고 삼십 년 전에 여기 계신 페르디낭 선생님과 부인과 함께 이야기했던 걸 참 감사하게 생각하고 있습니다…."

두더지는 간절한 눈빛으로 말했다.

"나를 다시 내 기억의 길로 데려다 주시겠소?"

제데옹은 처음으로 무척 겸손하게 말했다.

"그야 물론이지요. 그때 우리는 모든 이야기를 나눴습니다. 선생님 이야기, 제 이야기, 선생님이 모드 부인과 이 숲을 여행하면서 느끼는 행복, 모드 부인이 늘 목에 걸고 다녔던 사진기 이야기를 나눴습니다. 모드 부인은 제게 음악을 좋아한다고 했고, 어렸을 적에 어른이 되는 것을 두려워하자 어머니가 불러 준 동요를 이야기해 주셨습니다. 이 보잘것없는 〈모드에게 보내는 편지〉라는 곡은 모드 부인과 페르디낭 선생님을 위해 제가 그 동요를 관현악곡으로 편곡한 겁니다. 언젠가 두 분을 다시 볼 날이 오길 바랐는데, 부디 제 곡이 마음에 드셨으면 좋겠습니다."

페르디낭은 흐느끼면서 대답했다.

“이 노래는 맛이… 기억의 맛이 난다오.”

그 순간, 아늑한 음악실에서 집주인들과 손님들은 가슴이 찡했다. 바깥에는 숲의 소리, 뛰노는 물소리부터 바스락거리는 나뭇가지 소리까지 밤이 진동했다. 그러나 마리 카모마일의 마음속에서 요동치는 감정의 소리에 비교하면 아무것도 아니었다. 정말이지 놀라운 밤이었다….

제데옹이 물었다.

“앞으로 어떻게 하실 생각이십니까?”

여우가 말했다.

“모드 부인을 찾아야지요. 음악회에 오셨던 것 같아요. 제데옹 지휘자님, 저희를 좀 도와주시겠어요? 이 첫 두 사진에는 ‘페투니아 부인의 찻집’, ‘참나무 음악회’라고 적혀 있는데, 나머지 세 장은 날짜만 적혀 있고 안타깝게도 제가 모르는 장소예요.”

“어디 봅시다.”

세 번째 사진은 6월 15일이라고 쓰여 있었고, 모드와 페르디낭이 한 나무에 연결된 불안정해 보이는 다층 판잣집 앞에서 포즈를 취하고 있었다. 그리고 바닥과 벽에는 온갖 골동품과 등잔, 천, 가구, 책과 수리 용품이 가득했다. 네 번째 사진

은 6월 24일이었고, 페르디낭은 더러운 셔츠와 멜빵으로 고정한 바지를 입고서 자신의 키보다 더 큰 삽을 오른쪽 앞발에 자랑스럽게 들고 서 있었다. 숲의 어느 쪽인지 알 만한 단서가 없었다. 그리고 맨 마지막 사진은 8월 16일이었고, 아무도 사진기 앞에서 포즈를 취하지 않았고, 오로지 아름다운 풍경만 찍혔다. 누렇게 바랜 사진 속에는 초록색으로 칠한 나무 집이 잘 정돈된 정원과 채소밭으로 둘러싸여 있었다. 여우가 잘못 본 게 아니라면 집 한쪽에 강에 설치한 수차로 돌아가는 방앗간이 있었다.

사진들을 살펴본 제데옹이 말했다.

"애석하지만, 도움은 못 드릴 것 같군요. 이 장소들은 어딘지 통 모르겠습니다. 분명한 건 선생님이 무척 행복해 보이시네요. 앞으로 다시 행복해지실 거라 믿습니다."

이제까지 대화에 끼지 않았던 목소리가 들렸다.

"제가 한 말씀 드려도 될까요? 세 번째 사진은 두더지 고물상점 같아요. 여기서 부드러운 자갈 마을 쪽으로 몇 시간 가시면 돼요…. 제가 거기서 연애 소설을 몇 권 구해 봐서 알아요…."

모든 눈길이 마리 카모마일에게 쏠렸다. 마리 카모마일은 양 볼이 빨개져서 마치 쓸데없는 소리를 한 것처럼 양 날개로 부리를 가렸다. 주인과 손님들의 대화에 끼어들어 비밀을 털어놓고 말았으니!

페르디낭이 소리쳤다.

"그래, 맞소! 고물상점! 그곳이라오! 하지만…. 아! 난 혼날 거예요. 왜냐하면 거기에 누가 사나면…, 어…. 거기에… 거기에…. 내가 무슨 말을 했어요?"

페르디낭이 묻자, 다들 안쓰럽게 쳐다봤다.

여우가 기뻐하며 말했다.

"부인, 정말 감사해요! 우리의 다음 여정이 되겠네요. 저희는 내일 떠나겠습니다! 제데옹 지휘자님은 앞으로 어떻게 하실 생각이세요? 외국 어디에 가서 연주하실 계획이신가요?"

부엉이가 말했다.

"아직 공식적으로 발표하지는 않았지만, 음악계를 천천히 물러날 생각입니다. 물론 절 붙잡겠지만, 그래도 은퇴할 생각이에요. 우선 해외 순회공연을 중단하고, 어쩌면 언젠가 참나무 음악회도…. 이제는 집에서 가까운 사람들과 시간을 좀 보내려고 합니다!"

아르시발드가 물었다.

"제데옹 지휘자님, 정말 뜻밖의 소식이네요! 그러면 공연으로 바빴던 하루하루를 이제 어떻게 보내실 생각인가요? 벌써 계획이 있으신가요?"

부엉이는 마리 카모마일에게 차를 따라 달라고 잔을 내밀었다.

"그렇다고 할 수 있지요. 아무래도 그동안 시간이 없어서 못 했던 작곡을 계속하고, 아버지를 돌보고, 숲을 산책하고, 쉬고 싶습니다…. 그리고 이건 여러분만 아세요."

부엉이는 올빼미에게 윙크했다.

"위대한 참나무의 부엉이 제데옹도 오랜만에 로맨스를 시작할 생각입니다…. 앗, 뜨거, 앗 뜨거, 앗 뜨거!"

부엉이가 놀라 비명을 질렀다. 마리 카모마일은 오케스트라 지휘자의 말에 얼이 빠져서 자기도 모르게 뜨거운 차를 찻잔이 아닌 부엉이의 머리 위에 바로 붓고 말았다.

작가의 집

암탉 엘리자베트는 집을 수리해야겠다고 종종 생각했다. 위층에서 조금 빨리 걸으면 바닥이 시끄럽게 삐걱거렸고, 동시에 아래층 부엌에서는 생강차와 치즈케이크 조각 위로 나무 부스러기가 떨어졌다. 꼭 손봐야 했다. 비록 하숙생들이 나무 부스러기 때문에 여주인의 훌륭한 요리 맛이 떨어지지는 않는다고 치켜세워도 말이다….

가까이 사는 이웃인 백조 에드가에게 도움을 청할 수도 있었다. 에드가는 항상 도울 준비가 되어 있고, 재주도 많았다. 하지만 엘리자베트는 에드가의 뜨거운 눈빛을 보면 말할 결심이 서지 않았다. 아직까지는…. 불평하는 하숙생들도 있기는 했지만 집이 허름한 대로 괜찮기도 했다. 하숙생들의 웃음과 실망, 분노로 끊임없이 시끌벅적한 이 낡아빠진 집에서 대단히 시적인 무언가가 느껴졌기 때문이었다. 엘리자베트가 볏에 땀을 흘려 가면서 일해 할부로 구입한 생애 첫 집이기도 했다. 처음에는 식당 겸 여관으로 쓰려고 했다. 워낙 손님맞이를 좋아하고, 요리를 즐겨 했기 때문이었다. 자매들과 살 때, 엘리자베트가 달콤한 옥수수 카눌레(겉은 바삭하고 속은 쫀득한 프랑스 전통과자.—옮긴이)를 만들면, 식탁에 내놓기 무섭게 없어졌다…. 그런데 숲속 작가들을 만나면서 문학에 흥미를 느껴 집을 모든 문학적인 만남이 가능한 '작가의 집'으로 가꾸었고, 빠르게 입소문이 나면서 부드러운 자갈 마을에서 가장 유명한 작가들의 하숙집이 되었다. 잘 꾸민 예쁜 방, 수차와 방앗간, 강 근처에 잘 정돈된 정원이 있어서 작가의 집과 여주인에 대한 하숙생들의 칭찬이 마르질 않았다.

새날이 되면 암탉이 소리쳤다.

"꼬끼오, 나의 병아리 하숙생들! 어서 일어나요! 맛있는 아침을 먹고, 모두 미래 걸작의 한 장면을 쓰러 가야지요!"

엘리자베트는 매일 아침 해와 함께 잠에서 깼고, 가끔 해가 늦잠을 자면 해를 침대에서 끌어내기도 했다. '작가의 집'은 할 일이 참 많았다! 작가들과 작가들의 변덕을 놀리려는 뜻은 아니지만, 하숙생들은 스스로 챙길 줄을 몰라서 진짜 병아리들 같았다. 엘리자베트는 행동하는 암탉이었고, 뭐든지 적극적으로 나섰다. 새벽에 일어나면 엘리자베트는 큰 늪 참나무 계단 갈고리에 걸린 놋주전자를 집어 들고는 우물로 달려가 물을 길어 와서 불에 올려놓았다. 그리고 전날 준비해서 체크무늬 천으로 싸 놓은 빵을 꺼내 넉넉한 크기로 썰고 버터를 살짝 두른 팬에 구웠다. 알을 낳는 날에는 먼저 아무도 보지 않는지 확인한 후, 침대 밑으로 가서 신선한 짚 위에 놓인 아름다운 흰 달걀들을 가져왔다. 다들 어디서 온 건지 알지만, 아무도 아무 말도 하지 않았다…. 뜨겁게 달군 팬에서 달걀들이 타닥타닥 맛있는 교향곡을 연주하면, 하숙생들은 결코 식탁에 늦게 오는 법이 없었다! 선착순으로 먹으니까! 버섯 튀김을 곁들인 꼬끼오 토스트도 여주인의 친절함만큼이나 작가의 집의 명성을 높였다.

나이 많은 너구리 오라스가 큼지막한 식탁에 앉으면서 스스럼없이 말했다.

"엘리자베트 부인, 안녕하세요? 혹시 오늘 시내에 나갈 일이 있으세요? 문방구에 들러 주실래요? 영감이 돌아오는 것 같아서 오늘은 글이 써질 것 같아요!"

너구리는 긴 나무 의자가 흔들릴 정도로 좋아했다.

암탉은 오라스에게 토스트를 주면서 말했다.

“오라스 선생님, 시내는 엊그제 다녀왔고, 일주일에 한 번만 가잖아요. 여기서 하숙생들과 할 일이 너무 많아요! 제가 화요일에 종이묶음을 드렸잖아요? 어디에 두셨어요?”

“맞아요. 아직 있어요. 하지만 쓸 이야기가 너무 많아서 종이가 부족하면 어떡해요…?”

엘리자베트가 조언했다.

“아, 나의 병아리, 오라스, 종이는 내 토스트와 같아요! 더 찾기 전에 지금 있는 것부터 다 먹는 게 훨씬 현명해요!”

엘리자베트는 토스트 접시를 앞에 두고 뿌루퉁한 너구리의 머리를 쓰다듬었다.

“자, 따뜻할 때 먹어요!”

식사를 마치고 기운을 얻은 ‘작가의 집’의 하숙생들은 차례대로 자신의 이야기를 쓰러 갔다.

매주 금요일 저녁에는 하숙생들이 야외에서 문학의 밤 행사를 가졌다. 나무에 등불을 걸어 놓고 채소밭 근처 큰 탁자에 모이거나, 야외에서 모임을 하기에 날씨가 너무 추우면 집 안 벽난로 근처에 모였다. 그러면 엘리자베트는 모두가 좋아하는 그 유명한 ‘여섯 가지 잼 빵’을 서프라이즈 빵으로 준비했다. 대단한 요리는 아니고, 그저 식빵을 여러 겹으로 쌓고 빵 사이사이에 정원에서 딴 딸기, 라즈베리, 블루베리, 버찌, 살구나 복숭아 같은 여섯 가지 과일로 만든 잼을 발라 만들었다. 이 맛있는 간식 주위에 둘러앉아 누군가가 일주일 동안 쓴 글을 큰 소리로 읽으면, 나머지 하숙생들은 충고나 의견을 내고 감상을 나누거나, 자기들도 그런 좋은 글을 쓰고 싶은 질투심 때문에 기분 나쁜 지적도 들릴락 말락 나직하게 말했다. 오라스가 툭하면 투덜댔는데, 특히 글을 한 자도 못 썼을 때는 더욱 심했다.

달빛이 환한 밤에는 엘리자베트도 펜을 쥐고서 시골 생활, 흥겨운 순간이나 삐거덕거리는 자신의 낡은 나무 집을 소재로 시를 끼적이기도 했다. 매실주에 취하면, 문학의 밤에 창작 시를 읊어서 하숙생들의 친절한 박수를 받았다. 그런 밤에는 백조 에드가가 두 집을 나눈 울타리를 넘어와서 의자에 앉아 잼 바른 빵을 먹으며 암탉을 불편하게 빤히 쳐다보면서 자신을 주제로 시를 써 주기를 간절히 바랐다.

엘리자베트는 아침 식사가 끝나도 할 일이 여전히 많았다. 채소밭에 가서 잡초를 뽑고, 빨래를 널고, 곰보버섯을 따러 가야 했다…. 오늘은 빨래 널기 딱 좋은 날이었다. 전날 밤부터 산들바람이 일어 집 안으로 들어왔고, 집은 바람에게 인사하듯이 삐걱거리며 노래했다. 엘리자베트는 깃털 사이로 퍼지는 바람의 향기를 맡으면서 30여 년 전, 특별한 날이 생각났다. 엘리자베트의 깃털이 달걀처럼 뽀얗던 시절의 절대로 잊을 수 없는 날이었다!

엘리자베트가 그 낯선 동물을 만났던 날은 바람이 하도 세서 깃털이 다 빠지는 줄 알았다. 젖은 빨래 바구니를 꼭 붙들고 빨래를 널어놓으러 가는데 왠지 모르게 기분이 이상했다! 뭔가 잘못됐다! 하숙생들인 윌리엄과 캐서린의 아침 식사에 문제가 있었나? 꼬끼오 토스트를 줄 때 버섯 튀김을 빼먹었나? 아니, 아니었다…. 잡초 모으기, 토마토에 물 주기, 아니면 침대 밑 짚 갈기를 잊었나…? 아니, 그것도 아니었다. 그러나 확실히 그날 아침은 뭔가 달랐다.

암탉은 나무 그늘에 빨랫줄을 걸어 놓은 곳 꼭대기에 올라가 빨래 바구니를 내려놓았다. 빨래를 다 널고 나서 안개가 서서히 걷히면서 보이는 자신의 집으로 내려가려는데, 둑에서 이상한 형체가 하나, 아니 둘이 보였다. 암탉은 빨래 바구니를 챙기는 것도 잊은 채 급히 강으로 달려갔다. 거기서 본 것에 놀랐고, 왜 아침부터 기분이 이상했는지 깨달았다. 예사롭지 않은 소리가 강물의 노랫소리를 뒤덮었다. 강기슭에 안경 쓴 두더지가 큼지막한 호두껍데기 옆에서 좌초된 배처럼 누워서 자고 있었다. 물론 아주 오래전의 일이지만, 조난당한 두더지가 어찌나 크게 코를 골던지 아직도 기억이 생생했다….

엘리자베트는 회상에서 빠져나오면서 나지막이 말했다.

"그래도 편지를 써 봐야겠어."

두더지 고물상점

두더지 타르탕피옹이 기억하는 한, 옷가지에는 늘 자신의 이름 첫 글자가 붉은 색실로 예쁘게 수놓아져 있었다. 스웨터부터 바지, 목도리, 장갑, 가슴 주머니가 달린 멜빵바지와 프로펠러가 달린 모자까지 몹시 까다로운 부모가 정한 엄격한 원칙에서 한 치도 벗어나지 않았다. 젊은 두더지가 자신의 소지품을 못 찾을까 봐, 아니면 숲 여기저기에 일부러 흘리고 다녀서가 아니라 타르탕피옹의 정신세계가 좀 독특했기 때문이었다. 타르탕피옹은 한 가지 생각이 떠오르면, 거기에 온통 정신을 빼앗겨서 어떠한 다른 생각도 두더지의 창의력이라는 보이지 않는 장벽을 뛰어넘지 못했다. 그때부터는 타르탕피옹의 옷을 찾아야 숲을 가로지르는 타르탕피옹의 흔적을 쫓을 수 있었다. 마치 보물찾기와 같았다. 신발 한 짝은 상점 진열창 앞에 있고, 외투는 덩그러니 서 있는 동백기름 가로등에 걸려 있는데, 긴긴 겨울밤을 비추는 가스등이 가엾어서 덮어준 것 같았다. 이 외투를 찾으면 주머니의 내용물을 보고서 타르탕피옹의 흔적을 쫓아 나머지 신발 한 짝이 둥둥 떠 있는 강까지 갈 수 있고, 이어서 나무뿌리를 덮은 양말 덕분에 두더지가 기어오르기를 좋아하는 나무 밑동까지 이르게 된다. 타르탕피옹은 나무가 구두를 신는다면, 통계적으로 양말도 똑같은 개수가 필요할 거라고 늘 생각했기 때문이었다. 이게 바로 두더지의 원칙이었다!

그리고 오늘 따사로운 봄날, 여우와 두더지는 씩씩하게 숲을 가로지르다가 너도밤나무 근처에서 주인이 찾으러 오기를 기다리는 타르탕피옹의 노란색과 초록색의 줄무늬 양말과 딱 마주쳤다….

아르시발드가 버려진 양말 한 켤레에 다가가면서 말했다.

"페르디낭 선생님, 보세요. 누가 희한하게 이 나무 밑동에 양말을 벗어 놨네요."

"여우 선생, 잠깐만. 확인해 보겠소…. 휴우, 내 양말은 내 구두에 딱 있다오!"

두더지가 의기양양하게 말했다. 여우는 두더지의 어깨를 토닥이며 안심시켰다.

"페르디낭 선생님, 제가 본 건 선생님의 양말이 아니에요. 그런데 대체 어떤 동물이 숲에다 양말을 벗어 놨을까요…?"

갑자기 두 친구 앞에 두더지 한 마리가 쿵하고 떨어졌다.

"어이쿠!"

여우가 소리치며 비틀거리다가 불쌍한 페르디낭의 발을 잡고 있어서 같이 넘어졌다.

자신의 양말 바로 옆에 얼굴을 박은 두더지 타르탕피옹은 머리를 만지작거리며 또 혹이 났는지 확인했다. 이미 여러 번 혹이 난 적이 있었고, 개인 소장용으로 사진으로 찍어 두기를 좋아했다. 혹시 삐거나, 피가 나거나, 부러진 데가 없는지 열심히 찾기 시작했다. (이런 상처를 찍어 둔 사진은 없었다. 안타깝게도 앨범이 꽉 차서 사진을 끼울 곳도 없지만.) 머리 옆에는 모자에 달린 프로펠러가 나무와 덤불 사이로 다니면서 여름이 왔다고 알리는 더운 바람에 빙글빙글 돌아갔다. 발톱 옆에는 자연관찰 기록과 그림이 있는 수첩의 낱장들이 마치 보이지 않는 발이 뒤적이듯 팔락팔락 넘어갔다. 이번에는 잃어버리지 않은 가슴 주머니 달린 멜빵바지와 여기저기 기운 셔츠 차림의 젊은 두더지가 발딱 일어나 여행자들에게 인사했다. 땅에 주저앉은 여행자들도 뜻밖의 만남이라 얼떨떨했다.

"안녕하세요? 두더지님, 안녕하세요? 여우님! 제 소지품 좀 가져가도 될까요? 이 도둑들은 못 가져갈 거예요! 타르탕피옹의 이름을 걸고 찾아낼 테니까요!"

여우는 얼굴을 찌푸리며 말했다.

"안녕하세요? 두더지 군, 참 요란하게 등장하는군요! 그런데 누가 도둑이라는 거예요?"

"개미요! 두더지 원칙이지요!"

"개미…."

"네, 개미떼요!"

"개… 미?"

서점 주인은 따라 말했지만 이해하지 못했다.

젊은 두더지는 진지하게 말했다.

"네, 개미요! 몇 년째 제 소지품이 이유 없이 사라졌다가 마을과 숲 여기저기에서 발견되었어요. 그래서 며칠 전에 과학 실험을 제대로 해 보기로 결심했는데, 두 분이 제 이백칠십팔 호 실험을 방해했어요. '네 발 동물의 양말을 바닥에 미끼로 두기' 실험을 했는데, 다 망했어요."

젊은 두더지는 털썩 주저

앉아 씩씩거리면서 수첩에 줄을 박박 그었다.

"그러니까 수첩을 들고 나무 위에 앉아서 나쁜 의도를 가진 개미떼가 이 더러운 양말을 가지러 오기를 기다렸단 말인가요? 개미가 왜 훔치러 와요?"

타르탕피옹이 말했다.

"개미집에 가져가서 여왕개미에게 바치려고요. 제 짐작은 그래요."

아르시발드는 기계적으로 따라 말했다.

"여왕개미에게 바친다고요?"

페르디낭이 몽상에서 깨어나 말했다.

"아하, 말이 되는군. 일개미가 예쁜 양말로 뭘 할 수 있을지 모르겠지만, 여왕개미라면 다르지…."

셋 사이에 어색한 침묵이 흘렀다. 정지된 것 같은 이 적막한 순간을 방해하는 것은 소용돌이치며 흐르는 강물 소리 말고는 없었다. 만약 이것이 땅 밑에서 권모술수를 쓰는 개미떼가 옷을 훔치러 고물고물 다가오는 소리가 아니라면….

여우가 물었다.

"과학 실험을 방해해서 정말 미안하지만, 뭐 좀 물어봐도 될까요? '두더지 고물상점'을 찾고 있는데, 어딘지 알아요?"

타르탕피옹의 얼굴이 환해지면서 말했다.

"물론이지요! 우리 집인데요?"

아르시발드가 기뻐하며 따라 말했다.

"물론이라고요? 이렇게 만나다니 행운이 따로 없군요…. 조금 전 아픈 기억과 반대로…."

여우와 두더지가 제대로 찾았기를 바라는 목적지로 안내하는 두더지 타르탕피옹은 아주 어릴 적부터 '두더지 고물상점'에서 살았고 심지어 그곳, 팔리지 않은 책 더미와 유행이 지나 아무도 사려고 하지 않는 깃털 쿠션으로 뒤덮인 침대에서 태어났다고 설명했다.

두더지 고물상점은 타르탕피옹의 엄마, 비올레트가 구상한 아주 특별한 장소였다. 비올레트는 누구나 찾을 수 없는 것을 찾고, 끄집어낼 수 없는 것을 끄집어내는 상점을 여는 게 꿈이었다. 고물상점은 누군가에게 쓸모없는 물건이 다른 누군가에게는 보물이 될 수 있다는 두더지의 기본 원칙에서 출발했다. 고물상점에 물건을 가져온 동물은 개암 열매를 받거나 동등한 값어치의 물건을 가지고 돌아갔다. 누군가의 불행이 다른 누군가에게는 행복이 됐다!

서점 주인은 생각했다.

'매력적인 기획이야!'

그러나 다행히도 아르시발드는 두더지 고물상점의 무질서한 선반에 쌓인 먼지에서 시적인 무언가를 느낄 리 없었다. 발에 난 물사마귀처럼 나무에 박힌 타르탕피옹의 집은 나무와 양철로 세워졌고, 온갖 물건이 가득했다. 잠든 잡동사니에서 시를 느끼는 동물은 누구나 고풍스러운 매력을 보겠지만, 여우는 전혀 아니었다. 다른 동물들이 쓰던 물건, 그러니까 책, 외투, 찻주전자에 칫솔까지 산다니….

'웩, 기괴하고, 위생 관념이 없는 생각이야!'

서점 주인은 조금 전에 한 생각을 털어내려고 털을 흔들며 진저리쳤다.

두더지 타르탕피옹은 위로 두 발을 들면서 말했다.

"들어오세요! 마음에 드는 물건이 있으면 나가실 때 가지고 있는 비슷한 물건과 바꾸거나 개암 열매로 값을 치르시면 돼요! 간단하죠?"

“괜찮아요. 고마워요.”

여우는 가까스로 페르디낭을 막으면서 대답했다. 페르디낭이 중고 수저통에 발을 넣어 포크에 묻은 것을 핥으려고 했다…. 여우는 ‘언제부터 있던 건지 모르는데…. 웩! 생각하지 말자!’라고 생각하며 머리를 흔들며 진저리쳤다.

페르디낭은 수저통에 포크를 도로 집어넣고 나서 마치 아는 장소인 것처럼 우왕좌왕하지 않고 자신 있게 선반 사이를 돌아다니기 시작했다. 선반을 뒤엎지 않게 발톱을 어디에 놓아야 할지 완벽하게 알았고, 토실토실한 엉덩이도 잡동사니로 넘쳐나는 가구와 부딪치지 않았다. 햇살이 스며드는 낡아빠진 고물상점의 먼지 속에서 정겹고 익숙한 기억의 형태가 서서히 살아났다.

페르디낭은 들어올 생각을 하지 않고 여전히 입구에 서 있는 여우에게 말했다.

“여기는 온 적이 있는 것 같아요. 그런 것 같아요.”

페르디낭은 놋 촛대 아래에 멈춰 서서 주위를 빙 둘러봤다. 여우는 전날 두더지가 맡긴 사진을 꺼내며 대답했다.

“모드 부인과 선생님의 사진을 보니까 삼십 년 전과 같은 장소에 온 것 같아요. 여기서 무척 행복하셨나 봐요. 마치 굉장한 소식을 막 들은 것 같은 표정이에요.”

위층에서 부인의 목소리가 들렸다.

"당연하죠. 저 불청객이 청혼을 했으니까. 그 애가 청혼을 승낙해서 내가 얼마나 속상했던지…."

고물상점 안에 있는 큰 계단 꼭대기의 나무 집 문턱에 그림자 하나가 서 있었다. 먼지가 잔뜩 쌓인 건조한 마룻바닥이 삐걱거리면서 그때까지 어둠에 있던 그림자가 철제 난간으로 나왔다. 마침내 햇살에 얼굴이 드러나자, 여우는 숨을 죽였고, 늙은 페르디낭은 눈물을 삼켰다. 맨 위 계단에서 중년의 두더지 부인이 긴 머리털을 풀고 푸른 작업복의 소맷부리로 얼굴에 묻은 그을음을 닦았다. 오른발에 쥔 멍키스패너와 주름진 얼굴과 흰 털이 없었다면, 영락없는 사진 속 모드 부인이었다. 드디어 페르낭드이 잃어버린 사랑을 찾은 걸까?

페르디낭은 울음을 터뜨렸다.

"모드. 아, 모드, 드디어 찾았네!"

"늙은 멍텅구리 같으니라고! 페르디낭, 무슨 헛소리를 지껄이는 거야?"

"실례합니다, 부인. 저는 아르시발드입니다. 여기서 걸어서 며칠 걸리는 거리에 있는 아름다운 나무껍질 서점의 주인입니다. 혹시 누구신지 여쭤 봐도 될까요?"

관찰 수첩에 개미떼에게 빼앗긴 양말 한 짝을 그리던 타르탕피옹이 고개를 들면서 말했다.

"아, 우리 엄마예요. 이름은 비올레트, 여기 두더지 고물상점을 세우셨어요. 엄마, 이분들은 페르디낭 선생님과 아르시발드 선생님인데, 우리 가게를 찾고 계셨어요!"

"불행히도 페르디낭은 나도 이미 알아. 여기서 환영 받지 못하는 두더지야."

비올레트는 앞발에 쥔 멍키스패너를 신경질적으로 돌렸다. 누구에게도 호락호락하게 보이지 않는 법을 배운 듯했다!

"비올레트…?"

페르디낭은 계단으로 조금 다가가다가 멈칫했다.

"아, 그래, 비올레트…, 비올레트! 아, 아니야! 이런, 비올레트…. 잊어버렸어. 잊어버렸어. 젠장, 뭘 잊어버린 거지?"

계단 위에 선 두더지 부인은 차갑게 말했다.

"그래, 나야. 비올레트. 거짓말하러 왔으면 돌아가! 네 거짓말 따위는 듣고 싶지 않아. 너무 오래 들었어. 타르탕피옹, 간판 꺼라. 문 닫자!"

당황한 아르시발드는 무슨 말로, 어떻게 비올레트를 진정시켜야 할지 몰랐다. 아르시발드는 조심스럽게 물었다.

"부인, 죄송하지만, 저는 페르디낭 선생님과 부인 사이에 무슨 일이 있었는지 모릅니다. 설명을 부탁드려도 될까요?"

“여우 씨, 아주 간단해요. 페르디낭은 수년 동안이나 내 동생을, 사랑하는 내 동생 모드를 만나지 못하게 했어요…. 지금 동생이 어디에 있는지도 몰라요. 내가 몇 달째 찾고 있는데….”

여우의 얼굴이 밝아졌다.

“모드 부인의 언니이신가요? 비올레트 부인, 안타깝게도 드릴 말씀이 있습니다. 지금 페르디낭 선생님은….”

비올레트가 으름장을 놨다.

“거짓말쟁이! 거짓말쟁이지! 좋은 말로 할 때 나가! 이 멍키 스패너로 쫓겨나기 전에!”

고물상점의 잡동사니가 죄다 울릴 정도로 나무 집 문이 세게 닫혔고, 아래층 촛대 밑에 있던 젊은 두더지는 울음을 터뜨렸다.

비올레트의 분노

비올레트와 모드는 자매이지만, 그 사실을 모르는 동물들의 눈에 둘은 세상에 둘도 없는 친한 친구처럼 보였다. 둘은 불과 몇 분 간격으로 한 배에서 태어났고, 나중에 같은 비극의 희생자가 되었다. 그러니까 둘이 태어난 지 2년 만에 어머니가 동생들을 낳다가 목숨을 잃었다. 자매가 그토록 바랐던 동생들도 보지 못했다. 강하고 용감한 아버지는 두 딸을 풍족하게 먹이고, 잘 키우기 위해 열심히 일하느라 자매는 종종 굴에 단둘이 남아 있어야 했다. 언뜻 불쌍해 보일 수 있지만, 엉뚱한 놀이와 이야기 지어내기를 좋아하면 환상적인 시간이기도 했다!

영수증을 보관하고 금전을 관리하는 책상 앞에 앉은 비올레트는 가게이자 집이었던 굴에서 부모님을 그리워하면서도 동생인 모드와 즐겁게 놀며 무척 행복하게 시간을 보내던 시절을 떠올렸다. 어린 비올레트와 모드는 직접 나무 무대를 만들고, 공주 연기를 해서 천 인형 관객들의 열광적인 박수를 받았다. 동굴 벽에 그림 그리기도 좋아해서 '동굴 갤러리' 전시도 열었다. 관람객은 모두 넷이었는데, 아버지와 비올레트와 모드 그리고… 아무래도 누구를 두 번 셌나 보다. 놀이와 웃음, 이야기로 가득했던 사랑스러운 어린 시절이었다. 비올레트에게는 모드뿐이었고, 모드에게는 비올레트뿐이었다. 어수룩한 페르디낭이 오기 전까지는….

어느 봄날, 두더지 페르디낭이 두더지 알베르탱 수리점에 연철 토스트기를 들고 나타났을 때, 비올레트는 첫눈에 페르디낭이 싫었다. 늘 콧등에 걸치고 다니는 크고 더러운 안경 때문이었을까? 아니면 좀 어리바리한 표정 때문이었을까? 아니면 식빵에 잼을 길게, 길게, 아주 길게 바르는 듯한 말투 때문이었을까? 아니, 비올레트가 페르디낭이 싫었던 건 녹슨 토스트기를 든 페르디낭을 바라보는 모드의 눈빛이 특별했기 때문이었다. 비올레트는 동생 모드의 눈에 피어오르는 불꽃을 봤다. 물 한 동이가 있다면 당장에 부어 끄고 싶은 불꽃이었

다! 모드와 페르디낭은 분명히 서로에게 호감을 느꼈다. 비올레트는 질투심에 불타올랐지만, 막을 도리가 없었다. 둘은 점점 가까워졌고, 사랑에 빠졌다…! 마치 사랑으로부터 아름다운 것을 창조할 수 있다는 듯이! 헛소리다!

젊은 두더지는 1층에서 발을 동동 구르며 소리쳤다.

"엄마, 내려와요! 내가 어떻게 여우를 내보내요!"

그렇지만 비올레트는 내려가지 않을 작정이었다. 아들이 엄마와 한편에 서지 않다니! 마을 곳곳에 흘리고 다니는 옷가지와 멜빵과 양말을 엄마가 아무리 찾아다 줘도 아들은 적에게, 사과 3개를 쌓은 높이밖에 되지 않는 작달막하고 악한 유혹자에게 넘어갔다….

그러나 비올레트는 행복해하는 모드를 보면서 흐뭇했던 마음은 인정할 수밖에 없었다. 모드는 페르디낭과 함께 있으면 인생의 어떤 어려움에도 희망을 잃지 않고 긍정적이었다. 아버지가 가게에서 사고를 당해 병원에 실려가 심장 검사를 받을 때, 페르디낭과 앞발을 맞잡은 모드는 의연한 모습이었다. 건강 회복을 위해 아버지를 요양병원으로 옮길 때도 페르디낭에게 걱정하지 말라고 미소를 지어 보였다. 아버지는 요양병원에서 친구들을 사귀고 춤도 추고 카드놀이도 하면서 몇 년 동안 행복하게 지내다가 어머니의 곁으로 갔다. 그때 모드는 페르디낭의 어깨에 기대어 눈물을 흘렸지만, 자신이 사랑받고 있고, 애도의 시간도 잘 이겨낼 믿음이 있었다. 비올레트가 아버지의 가게를 물려받아 오래된 물건으로 두더지 고물상점을 세우기로 결심했을 때에는 페르디낭이 적극적으로 나서서 도왔다. 물론 고물상점과 타르탕피옹은 비올레트가 살면서 이룬 가장 아름다운 결실이었다. 그러나 여동생을 훔쳐 간 작달막한 두더지에게 고맙다는 말을 할 생각은 조금도 없었다. 생각조차 할 수 없는 일이었다!

타르탕피옹은 다시 소리쳤다.

"엄마, 안 내려오시면 이분들은 가실 거예요!"

'그래, 가라고 해!'

비올레트는 결국 페르디낭의 친절함을 인정할 수밖에 없었고, 신뢰하게 되었다! 페르디낭은 이곳, 커다란 가족 촛대 밑에서 청혼했다. 비올레트는 한심하게도 페르디낭을 도와 양초 수천 개를 먼지 쌓인 고물상점 곳곳에 놓았다! 모드는 청혼뿐만 아니라 언니와 미래의 남편이 함께 이벤트를 준비했다는 사실에 감동했다. 청혼을 처음부터 끝까지 지켜본 비올레트는 눈물을 흘리며, 여동생을 잃는 게 아니라 좀 모자라지만 사랑스러운 남동생 페르디낭이 생긴다는 생각이 들었다….

모드는 고향집을 떠나 남편과 함께 다른 풍경과 다른 장소를 발견하고 싶고, 아름다운 나무껍질 마을 북쪽의 광활하게 펼쳐진 숲을 건너 보고 싶어서 숲으로 여행을 떠났다…. 모드와 페르디낭은 비올레트에게 편지를 보내고 다시 보러 오겠다고 단단히 약속했다. 그리고 얼마 후, 비올레트는 타르탕피옹의 아빠가 되는 무스타슈를 만났다. 신뢰할 수 없었던 다른 두더지들과 달리, 무스타슈는 상처를 잘 받아도 누구보다 정이 많은 비올레트에게 걸맞은 두더지라는 것을 보여 줬다. 비올레트는 무스타슈를 진심으로 사랑했다. 그러나 무스타슈는 레일과 증기를 사랑하는 기관차 운전수라서 집에 자주 오지 못했다. 비올레트가 홀로 아내와 엄마의 삶을 버틸 수 있었던 건 모드가 보내는 따뜻한 편지들 덕분이었다….

외투 차림의 여우는 계단 밑에서 페르디낭을 챙기면서 말했다.

"실례해서 죄송합니다, 두더지 부인. 저희는 다시 길을 떠나겠습니다. 괜찮으시다면, 나중에 돌아오다가 들러도 될까요?"

그러나 비올레트는 듣고 있지 않았다. 대신 벨벳 안락의자에 앉아 소중히 간직해 온 여동생의 편지 묶음을 풀었다. 비올레트가 상상하기를 좋아하는 나무 집 안에 라벤더 향기가 은은하게 퍼졌다. 편지는 처음에 받았을 때보다는 색이 바랬지만, 감정은 시간이 흘러도 바래지지 않았다. 분홍색 봉투에는 늘 같은 문구가 적혀 있어서 편지를 가져오는 우편배달부가 웃었다.

'아름다운 나무껍질 북동쪽, 두더지 고물상점, 나의 사랑하는 언니, 두더지 비올레트에게.'

그리고 비올레트가 결혼하고 엄마가 되었을 때에는 '나의 사랑하는 언니, 형부와 조카. 두더지 비올레트, 무스타슈와 타르탕피옹에게'라고 적혀 있었다. 그리고 모드만의 손길도 느껴졌다. 편지 속에는 항상 라벤더 잎이 들어 있었다. 그래서 편지를 읽는 내내 솔솔 나는 라벤더 향기에 모드와 같은 공간에 있고, 모드가 사랑스러운 목소리로 직접 읽어 주는 기분이 들었다.

여행 초기에는 매주 편지가 왔고, 비올레트는 편지를 받을 때가 가장 행복했다. 물론 고물상점에서도 재미있고 독특하고 감동적인 만남이 있었다. 모드는 편지를 보낼 때마다 답장을 받을 주소, 그러니까 다음 여행지를 알려 줬고, 비올레트도 동생이 목적지에 도착할 때 맨 먼저 받을 수 있도록 서둘러 답장을 썼다. 가끔 모드의 답장을 받기까지 몇 주가 걸리기도 했다. 모드와 페르디낭이 별오름 산에서 길을 잃었을 때와 모드가 곧 만나고 싶다고, 할 이야기가 있다고 알렸을 때였다. 그 후로 비올레트는 꼬박 한 달 동안 답장을 받지 못했고, 나중에야 모드가 금방 올 수 없다는 편지를 보내왔다. 페르디낭이 '시원한 바다'에서 파도를 가르는 거대한 범선을 타고 먼 항해를 떠나기로 급작스레 결정했기 때문이라고 했다.

결국 모드는 오지 않았다. 여행 수첩에 글을 쓰고 그림을 그리기 시작해서 언젠가 출판하고 싶다는 편지만 보냈다. 동생의 여행은 20년 넘게 계속되었고, 비올레트는 여러 여행지에서 편지를 받았는데, 항상 전보다 훨씬 더 멋진 우표가 붙어 있고, 상세한 설명도 있었다. 그래서 비올레트는 의자에 가만히 앉아서 모드가 들려주는 여행을 경험했다. 비록 떨어져 있어서 충분한 위로가 되지 못했지만 말이다.

비올레트는 편지 묶음을 다시 내려놓으며 고개를 들었다.

"여우 씨, 잠깐만요. 내려갈게요. 그 멍청한 페르디낭도 아직 같이 있나요?"

"네, 부인."

비올레트는 다른 편지 봉투들 옆에 따로 모아 둔 봉투 여러 개를 집어 들었다. 몇 달 전에 받았지만 왠지 모르게 전과 달라서 답장하고 싶지 않았는데, 이제야 뭐가 다른지 알았다.

비올레트는 안락의자에서 천천히 일어나 문을 열고 계단을 내려갔다. 편지 봉투를 너무 세게 쥐어서 구겨졌다.

비올레트는 안경 쓴 키 작은 두더지의 눈앞에서 편지들을 흔들었다.

"페르디낭. 라벤더, 라벤더가 없잖아. 그래서 최근에 받은 편지들은 모드가 쓰지 않았다는 걸 알았어."

비올레트는 페르디낭을 뚫어지게 쳐다보며 다그쳤다.

"모드가 없어진 지 몇 달째야. 예전 주소마다 다 편지를 보냈지만, 답장이 없었어. 그런데 지금 날 찾아와서 모드를 찾아 달라고? 페르디낭, 난 네가 나한테 거짓말을 했기 때문에 미운 거야. 대체 어떻게 된 거야? 내 동생은 어디에 있어? 나도 알아야겠어."

두더지는 고개를 숙이며 대답했다.

"실은…, 그걸… 모르겠어요. 기억나지 않아요…."

아르시발드가 거들었다.

"안타깝게도 부인, 사실입니다."

아르시발드는 페르디낭과 함께 여행을 하게 된 사연을 차근차근 풀어놓았다. 낯선 동물이 사 간 책, 두더지 페르디낭의 갑작스런 서점 방문, 페르디낭이 자신이 누구인지, 무엇을 기억하는지 다 잊어버리는 망각병에 걸려서 더 늦기 전에 떠나기로 급하게 내린 결정, 마멋 페투니아 부인의 찻집에 가서 맛본 아모드 파이, 1천 443개의 참나무 계단 오르기, 따끈따끈한 밤 튀김, 〈모드에게 보내는 편지〉라는 아름다운 곡, 음악회에서 안타깝게 놓쳐 버린 낯선 동물 그리고 마침내 타르탕피옹과의 만남까지 털어놓았다.

"내가 페르디낭을 몰랐다면 얼토당토않은 이야기라고 생각했을 거야…. 그러나 네가 모드를 얼마나 사랑하는지, 나를 어려워하면서도 편지를 대신 쓸 정도로 그 사랑이 대단하다는 것을 알기 때문에 네가 모드를 찾기 위해서라면 뭐든 할 거란 걸 잘 알아. 그러면 그때 나한테 사실대로 알렸어야지. 그럼 같이 찾을 수 있었잖아. 우리는 삼십 년 동안이나 못 봤어. 모드는 얼마나 달라졌을까…? 페르디낭, 모드를 찾으면 나한테 먼저 알리겠다고 약속해 줄래?"

페르디낭은 주눅이 든 목소리로 말했다.

"네. 약속할게요."

여우가 말했다.

"혹시 페르디낭 선생님이 지키지 못하면, 제가 지킬게요."

그날 밤, 비올레트와 타르탕피옹, 페르디낭과 아르시발드는 장작불에 구운 가지와 호박과 으깬 완두콩 요리와 튀긴 옥수수빵을 나눠 먹었다.

여우와 두더지는 고물상점의 중고 소파에서 잠을 청했고, 여우는 집에 가겠다고 잠꼬대하는 페르디낭을 붙잡느라 여러 번 일어나야 했다. 다른 여러 동물들이 썼던 중고 소파에서 자고 있다는 사실을 페르디낭이 까맣게 잊었기 때문이었다.

아침이 되자, 여우와 두더지는 타르탕피옹과 비올레트를 껴안으며 약속을 지키겠다고 다시 한 번 힘주어 말했다. 네 번째 사진만으로는 어디로 가야 할지 몰라 페르디낭의 집으로 돌아가기 위해 아름다운 나무껍질 마을 쪽으로 향했다. 페르디낭이 밤새 집에 가겠다고 잠꼬대를 했고, 무엇보다 그곳에 모드가 직접 단서를 남겼을지 모르니까….

그날 늦게 비올레트는 안락의자에 앉아 아들에게 주려고 만든 새 셔츠에 붉은색 실로 타르탕피옹의 첫 글자를 빠른 발놀림으로 수를 놓고 있는데, 한 번도 본 적이 없는 낯선 동물이 고물상점에 찾아왔다고 타르탕피옹이 알렸다. 비올레트는 수놓던 옷을 내려놓고, 별생각 없이 계단을 내려가 고개를 들었다. 그 동물이 들려줄 이야기는 비올레트의 삶을 영원히 바꿔 놓을 것이었다.

기억의 문

정신을 차렸을 때 페르디낭은 창문도 없고 햇빛도 들어오지 않는 방 안의 작은 나무 의자에 앉아 있었다. 아무리 둘러봐도 축축한 자신의 코끝밖에 보이지 않았다. 빛이 차단된 공간에서 페르디낭은 아이처럼 부르르 떨었다. 털옷은 추위를 막아 줄 만큼 두툼하지 않아서 두 발로 추위에 굳어 버린 몸을 풀려고 문지르고 또 문질렀다. 여기에 얼마나 있었을까? 어쩌다가 이 의자에 앉게 되었고, 왜 앉아 있을까?

'어디, 누가, 어떻게, 왜?'

수많은 질문이 떠올라 관자놀이를 때려서 머리가 지끈거렸다. 그리고 페르디낭의 숨소리가 어둠 속에서 울렸다….

페르디낭은 입에 발나팔을 만들어 외쳤다.

"누구 없어요?"

그러나 아무도 대답하지 않았다. 메아리만 울리다가 이내 사그라졌다.

페르디낭은 의자 등받이에 기대며 생각했다.

'아무도 없나 봐. 불쌍한 페르디낭, 넌 혼자야. 우리에 갇힌 두더지처럼…. 혼자 있으면 무서운데. 하아, 하지만 겁먹을 필요 없어. 그렇지 않아? 페르디낭? 넌 용감한 두더지야. 친구들도 있잖아…. 그 선생도 있는데…. 이름이 뭐더라? 어딘가에 이름을 적어 놨을 거야.'

페르디낭은 중얼거리면서 주머니를 뒤적거렸고, 주머니 속 내용물이 어두운 바닥에 와르르 쏟아졌다.

페르디낭은 생각했다.

'어떻게 친구 이름을 까먹을 수 있지! 날 도와주려고 함께 있었는데. 그러니까 내 아내를 찾아 주려고…. 내 아내… 내 아내… 비올레트, 아니야! 페투니아, 아니야! 아내를 찾으려면 아내의 이름을 기억해야 해. 그러려면 내 기억을 되찾아야 해. 소중한 내 기억, 셀 수 없는 이야기, 바람, 소원….'

페르디낭은 잠시 생각을 멈췄다.

'아, 페르디낭, 넌 혼잣말을 하고 있어…. 정신 나간 한심한 늙은이야…. 여기서 뭉그적대지 말고 차라리 집으로 돌아가는 편이 낫겠어. 아니야, 이미 늦었어. 엄마에게 걱정을 끼치고 싶지 않아. 엄마가 걱정하는 건 싫어. 아빠와 날 위해 얼마나 애쓰는데…. 엄마는 정말 훌륭한 두더지야…. 엄마, 여기 있어요? 내 말 들려요? 엄마? 엄마? 엄마? 엄마…?'

순간, 어둠 속 저 멀리 있는 문 하나가 벙긋 열렸다. 뭔지 살펴보려고 페르디낭이 몸을 일으키는데, 무릎에서 계피 과자가 부서지는 것처럼 와지끈 소리가 났다. 아악! 우리 늙은이들의 뼈가 그만 좀 부스러지면 좋으련만! 두더지는 지팡이도 없이, 우왕좌왕 주위를 더듬거리지 않고 마치 장난감 병정처럼 천천히 걸었다. 가슴속에서 심장이 군악대의 북소리처럼 둥둥거렸다. 노인들의 움직임에는 시적인 분위기가 있었다. 노인들은 여러 해의 무게와 여러 날의 고통 때문에 움직임이 계속해서 느려졌기 때문에 걷기와 쉼이 균형을 이루어야 했다…. 그러나 페르디낭이 나무 문의 문고리를 돌리고 들어가자, 더 이상 아무 데도 아프지 않았다.

마음을 놓이게 만드는 목소리가 말했다.

"왔구나. 발 씻었니?"

페르디낭은 습관적으로 대답했다.

"네, 씻을게요!"

두더지 집의 부엌은 지금이 훨씬 좋았다. 페르디낭은 자연스럽게 웃옷을 벗어 현관 참나무 옷걸이에 걸었다. 돼지감자와 파스닙(당근처럼 생긴 뿌리채소로 요리했을 때 단맛이 나서 '설탕당근'이라고도 부른다.—옮긴이)과 밤을 약한 불에서 뭉근하게 끓이고 있는 수프 냄비에서 새어 나오는 뜨거운 김 때문일까? 땅굴 창문에 친 붉은색과 베이지색의 체크무늬 커튼이 추위를 막아 주었기 때문일까? 촛불이 부엌을 은은하게 비춰서 기분이 좋아서일까? 아니면 엄마의 미소 때문일까? 페르디낭은 삐죽 곤두선 머리털을 쓰다듬는 엄마의 발길에 자신의 키가 사과 3개가 아닌 2개 높이라는 걸 깨달았다.

엄마는 페르디낭의 얼굴에 있는 푸르스름한 멍과 휘어진 안경다리를 보며 물었다.

"페르디낭, 오늘 학교에서 잘 지냈니?"

식탁에 앉은 어린 두더지는 수프를 허겁지겁 먹었다.

"네."

사실 엄마한테 거짓말하면 안 된다는 걸 잘 알고 있었다.

엄마는 토스트 한 조각을 더 건네면서 말했다.

"그래, 아무 일이 없었다고 해도 네 얼굴에 허브 연고는 좀 발라도 되지? 휘어진 안경다리는 아빠한테 집게로 펴 달라고 하자!"

페르디낭의 얼굴이 홍당무가 되었다.

"네. 엄마."

"아, 마침 아빠가 오셨구나. 연장도 갖고 계셔야 할 텐데."

아빠가 들어오면서 말했다.

"나 왔어요!"

아빠는 불룩한 배를 쓰다듬으면서 말했다.

"우리 가족, 오늘 하루 잘 보냈어요? 난 엄청 배고프네."

아빠가 페르디낭 곁에 앉으면서 말했다.

"아이고, 페르디낭, 장난치다가 다쳤니?"

가족이 모여서 식사를 했다. 각자 최선을 다해 하루를 보낸 뒤 만나서 기분이 좋았다. 원래 두더지란 늘 의욕이 넘치는 동물이다!

페르디낭은 부모님과 포옹하고 자러 가려고 부엌을 나와 문을 닫았는데, 다시 등이 굽고 털은 희끗희끗해졌다. 페르디낭은 갑자기 찾아온 세월과 다시 뒤덮은 어둠에도 개의치 않고 두 번째 문으로 걸어갔다. 벙긋 열린 문틈으로 목소리와 햇살이 새어 나왔다. 두 번째 문을 열고 들어가니까 아빠의 작업장이 나왔다. 아빠는 돋보기를 들고 연철 토스트기를 살펴보고 있었는데, 배가 너무 불룩해서 작업대 위로 몸을 굽혀 일하기가 쉽지 않아 보였다. 나무통에 앉은 페르디낭은 키가 이제는 사과 2개 반 정도 되었고, 등도 굽지 않았다.

아빠는 돋보기를 이리저리 돌려 보면서 물었다.

"그 애 좋아하지? 아이고야, 이건 도무지 모르겠네!"

페르디낭은 어깨를 축 늘어뜨리며 대답했다.

"네, 그런데 어려워요…."

두더지 노르베르는 돋보기를 내려놓고 망치를 집어 들면서 말했다.

"뭐가?"

어린 두더지가 털어놓았다.

"어떻게 다가가서 말을 걸어야 할지 모르겠어요…. 수리점에 불쑥 찾아가서 그 애의 아빠와 언니 앞에서 뜬금없이 제 소개를 할 수는 없잖아요."

"그쯤이야!"

노르베르는 망치로 토스트기를 힘껏 내리치면서 대답했다.

"됐다. 봐라. 이만하면 갈 이유가 충분하지? 내가 다음 주에 들르겠다고 해."

노르베르는 아들에게 토스트기를 내밀었다. 페르디낭은 한 발로 토스트기를 받고, 남은 발로 아빠를 끌어안았다. 그리고 작업장 문으로 달려갔다.

문을 닫고 나오자 페르디낭은 다시 어두컴컴한 복도에 서 있었고, 토스트기는 온데간데없이 사라졌다. 두 다리는 서 있기조차 힘들어서 후들거렸고, 두 눈은 질병으로 막이 덮인 듯이 침침해졌다. 바로 몇 미터 앞에 구리 문고리가 달린 붉은색 문이 빙긋 열려 있었다. 페르디낭은 머뭇거리지 않고 천천히 걸음을 옮겼다. 어둠 속에서 "페르디낭, 페르디낭… 내 친구, 페르디낭, 내 말 들려요?"라고 부르는 소리는 무시했다.

페르디낭을 부르는 소리도 어둠 속에서 사라졌고, 이내 붉은색 문만 남았다. 관절염으로 쑤신 앞발을 문고리에 대자, 그토록 오랫동안 듣고 싶었던 음색이 들렸다.

"페르디낭, 이 문 참 멋져요! 기품이 있고, 개성이 넘쳐요."

이 목소리에 긴긴 겨울에 갇혀 차갑게 얼어붙었던 페르디낭의 심장이 순식간에 녹아내렸다.

모드는 풀밭에 천을 깔고 앉아 바구니에서 준비해 온 피크닉 음식을 하나씩 꺼냈다. 밤과 고구마 페이스트리, 큼지막한 수박 조각, 딸기잼 파이, 홈메이드 오렌지에이드. 숲 가장자리에 세울 집의 첫 번째 널빤지를 오전 내내 함께 옮긴 페르디낭과 모드의 기운을 되찾아 줄 먹거리였다.

모드는 오렌지에이드 두 잔을 내놓으면서 말했다.

"정말 멋져요. 그런데 여보, 문 옆에 벽이 있으면 더 멋지지 않을까요?"

여전히 문턱에 서 있던 페르디낭이 뒤돌아봤다. 보이는 건 단단한 기초 위에 놓은 널빤지와… 양쪽에 벽이 없는 현관문뿐이었다.

두더지는 코를 문지르며 난처한 표정을 지었다.

"어느 단계에서 실수를 했나 봐…. 아이고, 설계도대로 했는데 왜 이러지?"

"페르디낭, 안경을 목에 걸지 말고 다시 쓰는 게 어때요?"

모드는 이렇게 말하고 나서 오렌지에이드를 맛보면서 황색 설탕을 조금씩 넣었다.

페르디낭은 실수를 인정하며 무안해했다.

"그럴까? 안경이 망가질까 봐 안 썼는데…. 사실 안경을 안 써도 잘 보이거든…. 아, 이런, 당신 말이 맞네. 두 페이지를 한꺼번에 넘겼고, 이 페이지는 거꾸로 봤어. 이런 멍청이…. 비올레트가 여기에 없어서 다행이야!"

모드는 치마가 구겨지지 않게 풀밭에 깐 천에서 살포시 일어나 꽃무늬 블라우스 위에 입은 니트 카디건의 단추를 채우고 미래의 집의 문턱으로 가는 세 칸짜리 계단을 올라갔다. 아직 시각화가 필요한 현관에서 남편에게 다정하게 입을 맞췄다. 페르디낭의 얼굴이 곧장 빨개졌다.

모드가 장난스럽게 말했다.

"벽이 없어도 상상할 수 있어요. 우리의 예쁜 부엌, 자수로 꾸민 커튼, 식당, 큰 식탁을 상상해 봐요. 두더지 페르디낭 씨, 구경 좀 시켜 주실래요?"

"그야 물론이지요. 모드 부인."

페르디낭은 모드의 발을 잡았다.

"이쪽부터 보실까요?"

페르디낭이 문을 열자, 모드가 빨려 들어갔다. 페르디낭도 따라가려고 했지만, 다시 캄캄한 어둠 속으로 돌아왔다. 페르디낭은 당황해서 조금 전에 잃어버린 모드의 온기를 찾으려고 안간힘을 썼지만 헛수고였다.

"여보, 모드, 거기 있어? 대답해 줘! 모드? 아얏, 아얏, 아얏…."

페르디낭은 넘어졌고, 다시 일어나려고 몸부림을 쳤다. 관절은 다시 삐걱거렸고, 등도 몹시 쑤셨다. 머릿속에서는 수많은 질문이 답을 찾지 못한 채 뱅뱅 맴돌면서 페르디낭을 일어나지 못하게 했다. 페르디낭은 달리고 싶었지만, 어리석은 생각이었다! 늙은 몸뚱이를 일으키려고 안간힘을 쓰며 숨을 고르는 페르디낭의 눈에 그림자들에게 쫓기는 듯한 실루엣 하나가 멀리서 보였다. 외투를 걸치고, 깃털이 달린 예쁜 모자를 쓴 실루엣은 빛을 찾는 듯이 어둠 속을 걸었다. 구둣발 소리가 끝도 시작도 없이 방 안에 울려 퍼졌다.

페르디낭이 울부짖었다.

"여보, 모드, 기다려, 내가 넘어졌어."

그러나 모드는, 정말로 모드였는지 모르겠지만, 페르디낭을 기다려 주지 않았다. 몇 걸음 옮기더니 갑자기 나타난 파란색 문에 다가갔다. 모드는 부상을 당한 듯이 땅바닥에 누워 있는 남편을 돌아보지도 않고 파란색 문 안으로 빨려 들어갔다.

페르디낭은 소리치며 괴로워했다.

“흘러가는 시간도 싫고, 여기도 싫어! 모드, 잠깐만, 기다려! 여보, 두려워하지 마!”

모드는 어디로 간 걸까? 늙은 두더지는 간신히 일어나서 모드가 들어간 문으로 천천히 발걸음을 옮겼다. 걸음을 옮길 때마다 고통스러웠지만, 페르디낭은 사랑의 힘으로 참았다. 그리고 이 고통을 축복으로 여겼다. 페르디낭이 아직 살아 있고, 사랑할 힘이 남아 있다는 증거였으니까. 사랑하는 모드를 본 기억이 너무나도 짧아서 다시 보고 싶었다. 꼭 안고서 다시

는 놓치고 싶지 않고, 잃어버리고 싶지 않았다! 그래서 페르디낭은 발걸음을 옮겼다. 앞으로 나아가지 않으려는 구둣발을 억지로 끌었다.

조금 전, 벽이 없는 집을 보기 전에 들었던 목소리가 다시 들렸다.

"페르디낭, 페르디낭! 저예요! 절 알아보시겠어요? 페르디낭?"

"당신이 누구든 나 좀 내버려둬요! 난 모드를 다시 만나야 해요. 조금 전까지 내 곁에 있었는데 놓쳤단 말이에요!"

두더지는 울부짖으며 파란색 문으로 나아갔다. 그러자 목소리는 사라졌다. 이제 페르디낭은 파란색 문 앞에 왔는데, 정말로 문을 열고 싶은 건지 스스로 갈피를 잡지 못했다. 걷잡을 수 없는 불안감에 휩싸여 굵은 땀방울이 콧등을 타고 흘러 안경에 뿌옇게 김이 서렸다. 문을 열면 기억을 다시 찾을 수 있을 것 같은데, 왜 이렇게 무서울까? 페르디낭을 기다리는 기억이 엄마의 친절, 아빠의 지혜, 아내의 온유한 마음만큼 아름답다면, 파란색 문으로 들어가는 게 왜 이토록 두려운 걸까?

갑자기 누가 문을 쾅, 쾅, 쾅, 세게 두드렸다! 문에 달린 경첩이 흔들리기 시작했다.

페르디낭이 중얼거렸다.

"싫어! 들어가고 싶지 않아! 들어가지 않을래…."

그러나 문은 조금씩 가까이 오는 듯했고, 수증기처럼 김이 새어 나오면서 황금색 문고리가 저절로 돌아가며 다 열어 버리겠다는 듯이 위협했다.

페르디낭은 고함쳤다.

"싫어! 싫어! 열지 않을 거야! 열지 않을 거라고! 아얏!"

페르디낭은 문고리에 발을 댔다가 뜨거워서 데였다. 이것은 더 이상 그저 꿈이 아니라 악몽이었다. 문이 살짝 열리자, 페르디낭은 아픈 것도 잊은 채 뒤도 돌아보지 않고 도망치기 시작했다. 멀리서 비명소리가 저주받은 새처럼 어둠을 찢었다. 그러나 페르디낭은 숨이 끊어질 정도로 달렸다. 금방이라도 쓰러질 것 같았다….

페르디낭을 안심시키려는 목소리가 페르디낭의 마음을 가득 메운 비명소리와 뒤섞여 들려왔다.

"페르디낭, 페르디낭, 저 여기 있어요. 페르디낭, 무서워하지 말아요."

페르디낭은 눈앞에 갑자기 초록색 문이 나타나자, 생각할 것도 없이 문을 열고 빨려 들어갔다. 조금 전에 겪은 일보다 더 나쁠 수는 없을 테니까. 문 안으로 들어가서 크게 숨을 들이마시며 바닥에 쓰러졌는데, 신기하게도 바닥이 딱딱하거나 주위가 춥지 않았다. 오히려 반대였다. 페르디낭이 떨어진 장소는 모피처럼 부드럽고, 마음이 놓이고, 마시멜로 코코아처럼 좋은 냄새가 났다. 악몽이 끝난 걸까?

미소를 품은 목소리가 말했다.

"선생님, 일어나세요! 다 왔어요! 어딘지 아시겠어요? 선생님의 봉투 속에 있던 네 번째 사진이 찍힌 곳이에요."

페르디낭은 눈을 떴다. 숲속이었다. 지치고 눈에 눈물이 고인 채 아르시발드 품에 안겨 있었다. 페르디낭도 아르시발드를 꼭 끌어안았다.

페르디낭의 집

두더지 페르디낭의 집은 사랑스럽지만 관리가 잘 되지 않은 오두막이었고, 풍경 속 버섯처럼 숲 가장자리에 오도카니 서 있었다. 엉망진창 어지르기 달인도 두 손 두 발을 다 들 정도로 정리를 할 줄 모르는 페르디낭이지만, 등에 멘 반쪽짜리 호두껍데기에는 뒤죽박죽 뒤섞인 물건들 사이에 만날 약속과 중요한 정보를 깨알같이 적어 놓은 작은 수첩이 꼭 있었다. 안경 제조업자의 이름, 장 볼 목록, 발가락 개수(혹시라도 자기도 모르는 사이에 달라질까 봐)를 적고, 마지막 장에는 자신의 주소를 정확히 적어 놓았다.

아름다운 나무껍질 마을의 동쪽 숲 가장자리, 두더지 페르디낭

난생처음 친구 집에 온 아르시발드는 가죽 수첩에 적힌 주소에 맞게 와서 기뻤지만, 수첩 뒷장에 붙어 있던 시럽 묻은 자두가 앞발가락 털에 끈적하게 달라붙자 얼굴이 살짝 일그러졌다…. 하루 동안 걷고, 야외에서 하룻밤을 자고 나서 찾은 페르디낭의 집은 아름다운 나무껍질 마을로부터 걸어서 한 시간 거리에 있었다. 사랑하는 서점이 근처에 있기 때문에 여우의 마음이 흔들렸다. 여우는 배낭에서 『정상에 도달하고 싶은 모험가』를 꼭 쥐며, 대대로 물려받은 아름다운 나무껍질 서점을 생쥐 샤를로트가 질서정연하게 잘 유지하고 있기를 간절히 바랐다. 그렇지 않으면 발톱을 물어뜯으며 영원히 후회할지도 모른다!

여우는 말라 버린 화초와 페인트칠이 갈라진 울타리 앞을 지나면서 슬슬 불안해졌다. 부엉이 마르슬랭 박사는 『망각병, 더 이상 기억이 없는 이들을 기억하며』에서 친구를 만나는 일이 거의 없고, 마시멜로 코코아 한 잔이나 책 한 권으로 정을 나눌 시간이 거의 없으면 어느새 병이 깊어진다고 했다…. 좀 더 자세히 살펴보면, 망각병은 초대받지 않은 집에 불쑥 찾아

가 청결과 질서와 이성을 내쫓고, 그 자리를 무질서와 비이성으로 채운다고 했다…. 아르시발드는 발톱이 난 큼지막한 발로 키 작은 두더지의 발을 붙잡고서 문지방을 넘는데, 눈가가 촉촉해지고 마음이 무거워졌다.

페르디낭은 얼굴을 붉히며 웅얼거렸다.

"치우는 걸 깜빡 잊고 나갔다오."

여우가 선뜻 대답했다.

"이건 서점 주인이 할 일 같은데요?"

식당은 엉망진창이었다. 식탁 위에 두더지가 여러 끼니를 먹고 치우는 것을 잊은 듯한 식기들이 여기저기에 흩어져 있었다…. 나무 의자와 소파 위에 있는 꼬질꼬질한 옷들은 빨려서 원래의 깨끗한 색깔을 되찾기를 기다리고 있었다. 거실 선반에는 두더지 비올레트, 무스타슈, 모드, 페르디낭의 부모님인 노르베르와 프뤼넬의 초상화가 손님들에게 미소를 짓고 있었는데, 액자 테두리까지 먼지가 수북했다. 얼굴마다 흰 막이 얇게 뒤덮고 있어서 더 나이가 들어 보였다. 서점 주인이 두더지에게 시간을 들여 설명하며 추천했던 책들은 여기저기에 놓여 있었고, 책장 사이에는 편지, 나뭇가지, 호두나무 잎사귀 등 임시변통으로 쓴 책갈피가 꽂혀 있었다. 두더지가 벽난로 옆의 패브릭 안락의자에 앉아 책에서 같은 구절을 읽고 또 읽고, 본문의 뜻을 알아내면서 동시에 잊어버리는 모습이 여우의 머릿속에 자연스럽게 그려졌다…. 이성이 달아난 집을 보는 건 마음이 아팠지만, 아르시발드는 절망하기보다 집을 살리기 위해 청소부터 해야겠다는 생각이 들었다!

"페르디낭 선생님, 쉬기 전에 여기 식당에 쌓인 먼지부터 터는 게 어때요?"

페르디낭이 군대식 말투로 대답했다.

"사령관님, 분부대로 하겠습니다! 제가 해야 할 일을 가르쳐 주십시오. 제가… 제가…, 그러니까 저한테는 여러 번 말씀해 주십시오…."

"두더지 신병, 시작합니다! 청결은 기다려 주지 않습니다!"

정원 우물에서 퍼 온 물과 걸레로 무장한 아르시발드와 페르디낭은 부지런히 방을 꼼꼼하게 청소했다. 걸레를 빤 양동이 물은 보지 않는 편이 좋았다! 여우가 빨래를 하고 하얘진 페르디낭의 셔츠에 풀을 먹이는 동안, 페르디낭은 선반에 쌓인 먼지를 털었다. 앞발은 허공에, 뒷발은 의자 등받이에서 중심을 잡았는데, 의자 밑에는 책이 잔뜩 쌓여 있었다. 안에서 우당탕탕 넘어지는 소리에 여우가 깜짝 놀라 물었다.

"괜찮아요?"

두더지가 얼른 대답했다.

“괜찮다오. 하지만 곧장 들어오지는 마시오. 제발….”

그러고 나서 바닥을 쓸고 왁스로 닦았다. 창문을 바깥으로 활짝 열자, 집이 숨쉬기 시작했다.

여우는 두더지의 걸레질로 반짝이는 나무를 보며 말했다.

“자, 보세요! 선생님의 책은 다 책장에 정리했고, 나중에 아시겠지만, 제가 아주 기발한 방법으로 분류했어요. 선생님

마음에 들면 좋겠네요!"

페르디낭이 물었다.

"고맙소. 언제나 전문가의 도움이 필요하지! 사실 난 시력이 좋지 않아서 책을 색깔별로 분류했는데…, 작가와 서점 주인에게 모욕을 주는 일은 아니겠지?"

여우는 고함치지 않으려고 발가락을 깨물면서 말했다.

"그럼요. 아니고말고요. 그럼요. 아니고말고요…. 그러면 이제 부엌과 창고를 청소하러 갈까요?"

부엌에도 할 일이 태산이었다. 식기는 모두 씻고 또 씻어야 했다. 그만큼 얼룩이 많았다. 창고에서는 음식물을 분류해야 했다. 상한 채소와 과일을 버리고, 치즈에서 곰팡이 핀 부분은 긁어내야 했다. 확실하게 냄새가 아주 좋은 치즈만 빼고. 상해서 역하거나 코르크 냄새가 나는 포도주도 버려야 했다. 마지막으로 몇 년 동안 닦지 않은 타일 바닥을 닦아야 했다. 부엌은 레몬즙과 사과식초를 약간 써서 걸레질을 한 덕분에 다시 새로워졌고, 진수성찬을 차려도 될 만큼 깨끗해졌다. 여우가 이런 생각을 한 건 배에서 꼬르륵거리는 소리가 한 시간째 났기 때문이었다.

"다른 방들을 청소하기 전에 잠시 쉬면서 뭐 좀 먹는 게 어때요?"

"좋소. 하지만 저녁 식사를 하기에는 좀 이르지 않소?"

두더지는 말하면서 포도주를 살짝 맛보다가 얼굴을 홱 찌푸렸고, 남은 포도주는 싱크대에 버렸다.

아르시발드는 말을 듣지 않고 삐죽하게 곤두서는 페르디낭의 털을 자주 쓰다듬었다. 부엉이 마르슬랭 박사의 책 내용을 속속들이 알지 못해도 아르시발드는 한 가지만큼은 분명히 깨달았다. 키 작은 두더지가 여우와 함께 있어도 딴생각에 빠질 때, 아침인데 저녁이라고 착각하거나, 이미 오래전에 돌아가신 부모님 이야기를 꺼낼 때, 갑자기 현실로 거칠게 끌고 와서는 안 된다는 것이었다. 식사를 걸렀거나 사랑하는 이를 잊어버렸다는 사실도 생각나게 해서는 안 된다.

망각병에 걸린 페르디낭은 일종의 시간 여행자가 되어 인생이라는 거대한 책의 이 페이지에서 저 페이지로 뛰어넘듯이 이 시절과 저 시절 사이를 정처 없이 헤매며 돌아다녔다.

여우는 두더지 프뤼넬 부인의 이야기를 과거형으로 물었다.

"선생님의 어머님은 참 좋은 분이셨던 것 같아요. 선생님의 수프 레시피는 어머님께 배우셨나요?"

그러면 페르디낭은 어머니가 이 세상 분이 아니란 사실을 깨달으며 대답했다.

"맞소. 어머님이 잘 만드셨지."

아르시발드는 페르디낭을 사과나무처럼 흔들어 기억의 사과를 떨어뜨리고 싶을 때가 있었다! 행동에 옮길 때도 있었다. 페르디낭의 잘못이 아니고, 일부러 그런 게 아니란 점을 잊고서 말이다. 그러면 곧바로 후회했다. 그럴 때면 두더지에게 마시멜로를 줬고, 두더지는 이미 잊어버리고 기뻐하며 여우를 다정하게 바라봤다. 그래서 서점 주인이 깨달은 게 한 가지 있다면, 페르디낭의 병은 마치 말을 듣지 않고 삐죽하게 곤두서는 털과 비슷하다는 점이었다. 횟수는 상관없다. 늘 쓰다듬어서 다시 제자리로 돌려놓으면 된다.

두 친구가 점심을 다 먹었을 때, 아르시발드는 책장 근처에 벚꽃 색깔의 둥근 문과 그 오른쪽에 파란색 문을 보았다. 아르시발드는 소매를 걷어붙이며 중얼거렸다.

"아직 청소할 방이 남았군…. 자, 페르디낭 선생님, 괜찮으시면 계속 청소할까요?"

두더지는 주저했다.

"글쎄요, 나는…."

그러나 문은 이미 열렸다. 방 안은 직접 그린 꽃다발과 전원 풍경의 벽지로 꾸며졌고, 무질서는 들어오지 못하고 문지방에 멈춰 있었다. 부드러운 라벤더와 장미 꽃잎 향기가 감돌았다. 아마도 옷장 안에 둔 말린 꽃 봉지에서 나는 것 같았다.

침대보 위에 살포시 올린 레이스 덮개는 주름 하나 없는 침구 세트와 대조를 이뤘다. 침대 양쪽에 놓인 화초는 싱싱했는데, 아마도 지난주에 물을 주고 화초들에게 말도 건 모양이었다.

아르시발드는 옷장에 걸린 장식 모자, 드레스, 조끼와 서랍장 위에 놓인 사진기를 보면서 이 방이 모드와 페르디낭의 방이었고, 페르디낭이 노쇠하고 기억이 휘발되고 있어도 질병이 방 안에 자리 잡게 놔두지 않았다는 것을 알았다…. 집의 나머지 다른 방들은 망각병의 공격을 받았어도 아름다운 부부의 침실만큼은 어떤 질병도 위협할 수 없고, 뚫고 들어올 수 없는 천국으로 남아 있었다.

'사랑의 힘은 대단하구나.'

아르시발드는 이렇게 생각하면서 키 작은 두더지에게 다가가 감싸 안았고, 두더지도 고맙다는 듯이 여우를 안았다.

아르시발드는 문을 닫으면서 말했다.

"페르디낭 선생님, 이 방은 치울 게 없어 보여요. 이대로 둬도 되겠어요."

서점 주인은 난처했다. 집을 다 치웠는데 모드에게 무슨 일이 있었는지, 어디로 갔는지 알 수 있는 실마리를 찾지 못했기 때문이었다. 모드의 옷장에는 옷가지들이 가지런히 정리되어 있었고, 모드가 어디에 있는지 알 수 있을 만한 단어도, 기록도, 단서도 발견되지 않았다.

아르시발드가 갸웃거리며 물었다.

"이제 파란색 문만 남았어요. 걸레 몇 장 가져갈까요? 그런데 이상해요. 문이 잠겨 있어요. 선생님, 열쇠가 어디에 있는지 아세요?"

"글쎄…. 난 모르겠소. 그런데 왠지 열면 안 될 것 같소. 모드, 모드는 우리가 여는 걸 싫어할 거요…."

페르디낭은 이렇게 말하며 땀을 흘리기 시작했다.

여우는 걱정했다.

"페르디낭 선생님, 괜찮으세요?"

두더지는 말을 더듬었다.

"모, 모르겠소."

집 밖에서 목소리가 들렸다.

"숲속 우편 서비스입니다! 편지 왔어요!"

아르시발드가 친구에게 말했다.

"걱정하지 마세요. 나가 봐요."

이끼로 뒤덮인 돌 위 현관에는 위가 납작하고 원통형의 군모를 쓴 크고 아름다운 푸른 박새가 가방을 뒤적이며 편지 수령인이 나오길 기다렸다. 하늘과 싱그러운 풀의 색깔과 같은 박새의 깃털은 위풍당당한 숲속 우편배달부의 푸른색 제복과 완벽하게 어울렸다.

"안녕하세요? 두더지 페르디낭 씨께 편지를 가져왔어요."

두더지는 어물어물 대답했다.

"내, 내가 페르디낭이오."

우편배달부는 봉투를 주면서 말했다.

"여기 있습니다. 안녕히 계세요!"

우편배달부는 곧장 날개를 펼치고 끝없는 푸른 하늘로 날아갔다.

여우는 편지를 받아 들고 어쩔 줄 몰라 하는 두더지에게 다가갔다.

"페르디낭 선생님, 제가 봐도 될까요?"

두더지는 편지를 내밀면서 말했다.

"보시오."

"우편물을 보낸 주소가 '작가의 집'이네요. 선생님의 친구인 엘리자베트라는 분이 안부 인사를 보냈고, 맛있는 토스트를 맛보러 오시라고 초대했어요. 작가의 집 사진도 함께 보냈는데…, 세상에, 선생님, 이것 좀 보세요!"

"친구, 뭘 보란 말이오?"

여우는 외투 주머니에서 접힌 뭔가를 꺼내면서 소리쳤다.

"페르디낭 선생님, 세상에 이럴 수가! 이런 굉장한 행운이 또 있을까요?"

두더지는 어리둥절한 표정을 지으며 여우가 내민 것을 바라봤다. 여우는 왼발에 엘리자베트가 보낸 사진을, 오른발에는 모험을 시작하게 한 봉투에 들어 있던 다섯 번째이자 마지막 사진을 들어 보였다. 이럴 수가, 똑같은 집이었다!

숲속 우편배달부

브리즈방은 책상 서랍을 가만히 바라보며 생각에 잠겼다.

'누가 언제 가지러 올지….'

서랍 안에는 브리즈방이 평생 지켜야 했던 가장 무거운 비밀이 들어 있었다. 오늘처럼 바람이 살랑대는 아름다운 날이면, 숲속 우편배달부들이 가방을 메고 우체국의 큰 창문 밖으로 날아오르는 날이면, 아름다운 일이 시작되었던 그날이 떠올랐다.

키 작은 두더지가 편지를 들고 아름다운 나무껍질 마을의 우체국을 찾아왔던 때는 박새 브리즈방이 숲속 우체국에서 창구 직원 우두머리로 막 승진했을 때였다. 동료들이 무척 탐내던 권위 있는 자리였다. 차분한 성품을 타고난 브리즈방은 늘 안온한 삶을 꿈꿨다. 우표에 침을 발라 붙이는 작은 소리와 규칙적으로 스탬프를 찍는 소리만 들으면 됐다.

그러나 창구에서 일하는 즐거움을 누리기 전에는 브리즈방도 하늘을 나는 우편배달부였다. 하늘의 메신저는 박새 브리즈방의 어린 시절 꿈이었지만, 안타깝게도 적성에 맞지 않았다…. 박새의 이름과 전설적인 혈통을 보면 우편배달부가 천직이지만, 솔직히 브리즈방은 비행을 좋아하지 않았다. 믿거나 말거나지만, 비행 멀미가 있었다. 우편배달 일을 하는 몇 주 동안 얼마나 고생했는지 모른다. 비행 중에 자주 나무에 내려앉아 숨을 돌려야 했고, 고도를 낮춰서 비행해야 한다는 의사 진단서를 고용주에게 여러 번 제출했다. 낙담을 거듭한 끝에 박새 브리즈방은 결국 수세기 동안 내려오던 가족의 전통을 깨고야 말았다. 박새 브리즈방은 아버지, 할아버지, 증조할아버지, 증조할아버지의 아버지와 반대로 우편배달부가 아닌 사무실 창구에서 일하는 직원이 되었다. 창구 일은 적성에 딱 맞았다! 산과 골짜기 위를 나는 것보다 거대한 우편 기계

장치의 작은 톱니바퀴가 되는 편이 훨씬 좋았다. 그러나 깊은 마음속에는 지워지지 않은 잉크로 낙인이 찍힌 것처럼 실패감이 남아 있었다.

니트 카디건을 어깨에 걸친 두더지가 말했다.

"안녕하세요? 브리즈방 님, 이 편지를 부쳐 주세요. 저기요? 내 친구, 브리즈방 님?"

딴생각에 빠진 박새는 창구에서 개암 열매와 편지를 들고 기다리는 친구를 바로 알아보지 못했다. 그러나 명랑한 두더지인 모드는 무시당할 만한, 사소한 위험이나 방해 앞에서 땅굴 속으로 후닥닥 숨어 버리는 그런 작은 설치류 동물이 아니었다. 모드는 쭈뼛거리지 않고 창구에 있는 작은 종을 발톱으로 콕, 눌렀다. 효과가 있었다. 창구 직원은 소스라치게 놀랐고, 종소리가 직원의 귓가에 왱왱 맴돌았다….

브리즈방은 딴생각에 빠졌던 자신을 부끄러워하며 말했다.

"앗, 죄송해요…. 모드 부인, 부인이 오신 소리를 못 들었어요. 제가 우편배달 일을 그만두고 나서 몇 달 만에 뵙네요! 잘 지내셨어요? 뭘 도와 드릴까요?"

"아주 잘 지내고 있어요. 여기 편지 한 통과 우편 요금으로 개암 열매 몇 알을 가져왔어요. 이 정도면 충분할까요?"

그러나 박새는 친구에게 대답하지 않았다. 우체국에서 좀 멀리 떨어진 곳에서 매 공트랑이 날개를 펼치는데, 박새보다 훨씬 더 뛰어나고 우아했다. 게다가 박새가 짧게 일하면서 배달했던 우편물을 합친 것보다 더 많은 우편물을 옆구리에 멨다. 박새는 잔돈은 괜찮다는 모드에게 고맙다는 말은 빼먹고서 모드의 편지 봉투에 몇 글자를 급히 쓰고, 뜯어진 봉투 덮개를 다시 풀로 붙인 뒤 모서리를 만지작거리며 떠날 채비를 마친 공트랑과 다른 우편배달부들이 위풍당당하게 날아오르는 모습을 보지 않으려고 했다. 저 의기양양한 비행과 푸른 제복에서 풍기는 멋은 박새가 결코 가질 수 없는 미래였다.

박새는 어깨를 축 늘어뜨리며 말했다.

"하아, 내가 좀 더 용기 있고, 멀미를 좀 덜했더라면 좋았을 텐데…."

"왜 울상이에요? 내 편지를 대답도 없이 가져갔어요."

"죄송해요. 오늘이 창구에서 일하는 첫날인데, 벌써 실수를 했네요. 저는 비행도, 창구 업무도 못하는 것 같아요…. 차라리 우체국을 그만두는 게 낫겠어요…."

"쓸데없는 소리 하지 말아요. 저기 박수 받기를 좋아하는 덩치 큰 새 때문이라면, 바닥을 봐요!"

"무슨 말이에요?"

매 공트랑이 지평선에 다다를 때쯤이었는데, 브리즈방은 우편배달부의 가방 중 하나가 땅에 떨어져 내용물이 다 쏟아진 광경을 보았다. 배달이 늦어질 편지들이 생겼다!

"배달하기도 전에 다 떨어뜨릴 거면, 우편배달 가방을 두 개씩이나 들 필요는 없잖아요. 내 친구 브리즈방은 양심적이고 성실한 창구 직원이에요. 날개 사이를 봐요."

박새의 깃털 사이에 우편배달부의 가방에 실릴 모드의 작은 편지가 있었다.

"제 편지가 잘못 배달되지 않게 제가 빠뜨려서 틀린 주소를 불과 몇 초 만에 고쳐 줬어요. 그리고 제 편지가 바람에 날아가지 않게 봉투 덮개를 풀로 야무지게 붙여 줬고요. 제가 부탁하지도 않았는데, 당신은 계절과 어울리는 가장 예쁜 우표를 붙였어요. 브리즈방, 당신은 칠칠치 못한 우편배달부와는 비교할 수 없을 정도로 뛰어난 창구 직원이에요. 대담하다는 것은 하기 싫은 일을 억지로 하는 게 아니라 자신에게 맞는 일을 찾는 용기를 갖는 거예요."

브리즈방은 찡한 감동을 받았다.

"고마워요, 모드…. 정말로 고마워요."

이틀 뒤, 박새는 친구 두더지에게 고맙다는 인사를 하려고 직접 만든 카눌레를 들고 찾아갔는데, 집에는 아무도 없었다. 숲 가장자리에 있는 작은 집이 텅 비어 있었다. 여전히 열려 있어서 커튼이 나비의 양 날개처럼 펄럭이는 부엌 창문으로 방정맞은 여행자, 바람만이 밀려들었다. 그 후로 몇 주 동안 박새는 모드를 찾아갔지만 번번이 허탕을 쳤다.

그런데 얼마 지나지 않아 두더지 페르디낭이 브리즈방을 찾아와 도와 달라고 부탁했다. 브리즈방이 그 부탁을 들어준다면, 우체국 창구 직원으로서 직업의 고귀한 원칙을 손상시킬 위험이 있었다. 그러나 페르디낭이 다 털어놓자, 박새는 자신의 사무실에서 뜨거운 눈물을 쏟아내는 키 작은 두더지의 부탁을 차마 거절할 수 없었다. 그렇지만 브리즈방은 신중한 탓에 고민해 보겠다고 말했고, 입맛도 잃고 잠도 제대로 자지 못할 정도로 며칠 동안 고민했다. 그렇다. 페르디낭을 돕는 건 푸른 제복의 신성한 임무에 반대되는 일이었다. 그러나 브리즈방은 마땅히 해야 할 일을 위해 지금까지 자신의 생각과 행동을 지배하고 정의한 모든 원칙을 어기기로 했다.

두더지와 박새가 함께 상상한 일을 해내려면 체계적이어야 하고, 절대로 잊어버려서도 안 되고, 실수도 없어야 했다. 우선 브리즈방은 모드와 페르디낭의 이름으로 전 세계 각지의 주소가 적힌 우편함을 여러 개 만들었다. 이렇게 해서 여기 이국적인 주소들 가운데 한 곳으로 보낸 편지는 바로 여기 숲 속 우체국에 도착한다. 그러면 브리즈방이 챙겨서 페르디낭에게 주고, 페르디낭은 답장을 쓰게 된다. 두 번째로 브리즈방은 두더지와 함께 각 지역에 맞는 우표를 고르고, 다양한 스탬프도 만들었다. 그래서 페르디낭이 비올레트에게 답장을 쓰면 (왜냐하면 거의 비올레트와 주고받기 때문이다), 편지 봉투에는 비올레트가 모드와 페르디낭이 있다고 여길 행선지의 우표를 붙이고 스탬프를 찍는다. 마지막으로 브리즈방은 이 비밀을 철저하게 지킨다. 이것이 아무래도 가장 어려운 부분이었다. 만약 두더지 비올레트가 비밀을 캐내 우체국에 와서 따지면? 만약 누군가 숲속 우체국 경영진에게 고발하면? 그렇다. 브리즈방은 우체국 직원 신분을 이용해 일을 벌이다가 쫓겨날 위험이 있었다. 그러나 그날 아침에 눈물을 쏟는 페르디낭의 작은 발을 꼭 잡고 맺은 약속은 세상의 어떤 원칙보다 더 가치가 있었다. 꼭 지켜야 했다.

수년 동안 브리즈방은 페르디낭의 비밀을 지켰다. 페르디낭은 규칙적으로 2주에 한 번씩 우체국에 와서 비올레트의 편지를 조용히 가져갔고, 다음 날 답장을 가져와서 부쳤다. 박새와 두더지는 만날 때마다 두유와 가염 버터 캐러멜을 조금 넣은 따뜻한 코코아를 마시고, 사블레 쿠키를 숟가락에 올려 코코아에 적셔서 천천히 녹이면서 먹었다.

어느 날, 페르디낭이 비올레트의 편지를 찾으러 오지 않자,

브리즈방은 달콤한 간식 바구니를 챙겨서 직접 편지를 전해 주러 갔다. 결국 브리즈방과 페르디낭은 나이가 들기 시작했고, 늘 다 생각할 수 없게 되었다. 그러나 두더지가 답장을 가져오는 것을 잊어버리자, 브리즈방은 처음으로 불안해졌다. 페르디낭이 답장을 잊으면, 둘의 비밀이 지켜질 수 있을까?

"앗, 미안하오. 내가 요사이 자주 깜빡깜빡한다오…."

브리즈방은 두더지를 위로했다.

"괜찮아요. 여행을 연장했거나, 기차가 연착됐다고 하면 돼

요. 그러나 조심하세요. 자칫하면 선생님의 공든 탑이 무너질 수 있어요. 열심히 애썼는데 부끄러운 일이 되면 안 되잖아요."

두더지는 힘주어 대답했다.

"맞소. 조심하겠소."

그러나 날이 가면 갈수록, 페르디낭은 점점 더 자주 잊어버려서 브리즈방은 비올레트의 편지를 서랍에 보관하기 시작했다. 두더지에게 가져다주려고 했는데, 찾아갈 때마다 만나지 못했다. 두더지는 밤낮으로 끊임없이 돌아다녔고, 그나마 집에 있을 때는 알지 못하는 동물에게 문을 열어 주지 않으려고 했기 때문이었다….

박새는 굳게 잠긴 문 앞에 서서 애처롭게 소리쳤다.

"페르디낭, 저예요!"

브리즈방은 마음을 다잡으며 이제는 자신이 페르디낭의 비밀을 아는 유일한 지킴이로, 자신의 임무는 누군가 와서 편지를 찾을 때까지, 그래서 모든 사실이 밝혀질 때까지 이 편지들을 잘 간수하는 것이라고 생각했다.

이날 박새는 늘 일하는 책상에 앉아서 서랍을 열어 참을성

있게 주인을 기다리다 뽀얀 먼지로 뒤덮인 편지 더미를 물끄러미 바라봤다. 꽃무늬 블라우스 차림에 키 작고 사랑스러운 두더지가 다시 한 번 창구에 와서 브리즈방에게 용기를 다시 불어넣어 주는 날이 오길 마음속으로 빌었다.

기분 좋은 우연한 만남

만약 누군가 그해 여름에 '작가의 집'으로 가는 길이었다면, 아주 이상한 동물들을 만났을지 모른다. 집에서 출발할 때부터 서점 주인의 등에 업힌 페르디낭은 대낮인데도 하늘을 향해 고개를 들고 별을 셌다.

여행을 하는 동안에도 두더지는 상태가 나아지지 않았다. 기분이 좋을 때도 종종 있었지만, 때로는 끔찍한 불안감에 휩싸이기도 했다…. 여우가 호두나무와 밤나무 숲에 멈춰서 열매를 따려고 하면, 페르디낭은 '밤송이가 너무 시끄럽다', '너무 위험하다'고 우기면서 두려워하며 몸부림을 쳤다. 그러면 아르시발드는 어쩔 수 없이 가던 길을 돌이켜 다른 길로 가야 했다. 밤에 야영을 할 때, 아르시발드는 페르디낭이 편히 잘 수 있도록 등에 멘 호두껍데기를 벗겨 주려고 했지만, 페르디낭은 되레 자신의 소지품을 훔치려 한다고 호통을 쳤다.

여우가 대답했다.

"악몽을 꾸지 말고 편하게 주무시라고 그런 것뿐이에요. 요즘 들어 잠을 잘 못 주무시잖아요."

두더지는 호두껍데기를 부둥켜안으며 말했다.

"내 껍데기는 건드리지 마시오. 언제 필요할지 몰라."

아르시발드는 망각이 불안을 일으킨다는 점을 잘 알고 있었기 때문에 두더지가 막무가내로 굴어도 친절하게 대했다. 잠에서 깨 보니 잠들 때 있었는지조차 모르는 누군가가 옆에 있는데 어떻게 두렵지 않을까? 또 자신이 젊다고 생각하며 잠들었는데 깨어나 보니 발은 희끗희끗하고, 얼굴은 주름으로 뒤덮여 있으면 어떻게 두렵지 않을까? 사랑하는 이들이 닫힌 기억의 문 뒤에 갇혀 있는데 어떻게 두렵지 않을까?

페르디낭은 매우 용감한 두더지였고, 밤마다 여우는 잠든 두더지가 망각과 싸우느라 일그러지는 얼굴을 지켜봤다. 그러나 아침마다 여우는 두더지에게 자신이 누구이고 왜 함께 있는지 설명하면서, 두더지가 또 다시 싸움에서 패했고 대승을 거둔 망각병이 두더지의 새로운 기억마저 포로로 잡아갔다는 사실을 깨달았다….

날이 밝자, 엘리자베트는 집에서 내려다보이는 언덕을 힘겹게 올라오는 낯선 실루엣을 봤다. 왠지 오늘은 여느 날과 다를 것 같았다. 엘리자베트의 친구인 두더지가 여우의 등에 업혀서 나무 울타리로 다가오고 있었다.

늙은 암탉은 꼬꼬댁거리며 두 날개를 펼쳐서 두더지를 끌어안았다.

"페르디낭!"

여우는 두더지를 등에서 내려 주며 물었다.

"선생님께 편지를 보낸 친구분, 엘리자베트 부인이세요. 기억하시겠어요?"

두더지는 기억의 문이 열릴 때까지 머뭇거렸다.

"엘리자베트…?"

두더지는 엘리자베트의 포옹을 받아들이며 말했다.

"아, 엘리자베트! 세상에, 다시 보다니 정말 기쁘다오! 어떻게 하나도 안 변했구려!"

암탉은 날개로 얼른 부리를 가리며 말했어요.

"아니에요! 요즘은 예전 같지 않아요…. 달걀도 일주일에 두세 개밖에 낳지 못해요. 깃털도 전보다 생생하지 않고요. 그러나 집은 새롭게 젊어졌어요!"

R

"엘리자베트, 다시 만나 정말 기뻐요…."

여우가 나서서 말했다.

"암탉 부인, 반갑습니다. 저는 아르시발드라고 하는데, 아름다운 나무껍질 마을 서점의 주인이에요. 부인의 도움이 필요해서 페르디낭 선생님을 모시고 찾아왔어요…."

암탉은 손님들을 집에 들이면서 제안했다.

"반가워요. 제가 도움이 되면 좋겠네요! 그런데 이제 곧 아침 식사 시간이에요. 저희 집 하숙생들이 제시간에 꼬끼오 토스트를 먹지 못하면 짜증을 낼지 몰라요…. 선생님도 서점 주인이시니까 작가들을 잘 아시잖아요. '작가의 집'도 구경하실 겸 며칠 계실래요? 삼 층에 아무도 쓰지 않는 빈 방 두 개가 있어요. 여기에 머무르시면 좋겠어요! 당연히 비용은 제가 부담할게요!"

여우는 흔쾌히 받아들였다.

"이야, 이렇게 매력적인 제안을 어떻게 거절하겠어요? 감사합니다. 방은 두 개나 준비하실 필요 없어요. 하나면 충분해요! 페르디낭 선생님은 제가 있어야 마음을 놓으세요. 그리고 혹시 오전 늦게 시간 되세요? 이야기를 좀 나누고 싶어서요."

암탉은 한숨을 지었다.

"선약이 있어요! 아, 페르디낭…. 다시 만나 정말로 기뻐요.

기억이 새록새록 떠오르네요….”

암탉은 페르디낭의 뺨을 쓰다듬으면서 덧붙여 말했다.

“자, 여우 선생님, 오세요! 제 꼬끼오 토스트를 맛보시고 평가해 주세요!”

여우와 두더지는 ‘작가의 집’ 식탁에 앉았다. 그 자리에서 땃쥐 시도니, 곰 푸치니, 인기가 많지만 잘 투덜대는 너구리 오라스, 산토끼 윌리엄과 금세 친해졌다. 윌리엄은 페르디낭을 알고 있었는데, 안타깝게도 두더지는 윌리엄을 기억하지 못했다. 이 쾌활한 동물들은 한창 쓰고 있는 글과 등장인물, 각자 좋아하는 작가들 이야기로 꽃을 피웠다. 엘리자베트가 다음 날 저녁에 열릴 ‘문학의 밤’을 상기시키자, 모두 로즈마리 차를 얼른 마시고 글을 쓰러 돌아갔다. 매주 등불 아래에서 열리는 모임에서 가장 좋은 글을 선보이고 싶기 때문이었다.

아침 식사가 끝나자, 암탉은 두더지와 여우를 3층으로 안내했다. 계단 난간에는 엘리자베트가 정원에서 가져와 꾸며 놓은 카네이션이 있었다. 파란색 테두리가 있는 흰색 카네이션이 엘리자베트가 계절에 따라 바꾸기를 좋아하는 리본으로 기둥에 보기 좋게 묶여 있었다. 층계참에는 엘리자베트가 어머니에게 물려받은 낡은 괘종시계 옆에 커다란 안락의자가 있고, 안락의자에는 막 시들기 시작한 꽃이 꽂힌 밀짚모자와 말린 라벤더 꽃다발이 놓여 있었다.

페르디낭은 괘종시계 앞으로 지나면서 중얼거렸다.

"라벤더. 라벤더를 잊어버렸어…."

엘리자베트가 3층의 한쪽 빈 방 문을 열자, 페르디낭의 여러 기억의 문들 중 하나도 저절로 열렸다. 두더지는 무엇을 보게 될지 몰라 겁에 질려서 방 안으로 들어가기를 주저하며 여우를 붙들었지만, 금세 긴장이 풀려 책상과 마주한 안락의자의 나무를 쓰다듬고, 침대 시트에서 나는 꽃향기를 맡으며, 스테인드글라스로 장식된 둥근 창문에 다가갔다. 창문 너머로 강과 엘리자베트의 채소밭이 내려다보이고, 채소밭에는 비트, 당근, 강낭콩과 감자가 가득했다. 이 방에서는 뭔가… 맛이 났다. 마지못해 먹은 수프. 숟가락을 푹 찔러 넣고 싶지 않은 케이크. 식어 버린 생강차. 바닥에 엎은 잉크병. 넘기다가 베어서 아팠던 책장들. 깃털 이불을 덮고 보낸 하루. 잃어버린 줄 알았던 기억이 새록새록 떠올랐다.

페르디낭이 웅얼거렸다.

"여… 여기에 온 적이 있어. 이 방에서 잤어…. 여기서 수프를 먹었고, 오래 머물렀어. 기, 기억이 나…."

엘리자베트는 영문을 몰라 대답했다.

"당연해요. 예전에 당신이 썼던 방이잖아요. 이 방은 당신과 떼려야 뗄 수 없어서 다른 하숙생들에게 빌려 주지 못했어요. 우리는 이곳에서 많은 것을 나누고 경험했잖아요. 이따금 하숙집을 찾아온 동물이 마음에 들지 않으면 방이 다 찼다고 둘러대기도 했지요. 이건 아무에게도 말하면 안 돼요! 제가 좀 짓궂어요!"

페르디낭은 책상에 앉아 책상 위에서 작가의 영감만 기다리는 흰 종이들을 보며 말했다.

"여기라오. 내가 여기서 글을 썼소…."

두더지는 서점 주인을 홱 돌아봤다.

"아르시발드, 내가 여기서 책을 썼소! 여기서 『저 너머의 기억』을 썼소. 이제 생각나! 여기, '작가의 집'에서 글을 썼소!"

엘리자베트는 커다란 나무 옷장에서 베개 두 개를 꺼내 침대에 올려놓으면서 말했다.

"당연하지요! 그런데 왜 기억을 못 했던 것처럼 말해요?"

서점 주인은 페르디낭의 발을 잡고, 페르디낭이 원하는 대로 꼭 끌어안으면서 말했다.

"아주 잘됐어요! 목표에 가까워졌어요."

서점 주인은 주머니에서 다섯 번째 사진을 꺼내면서 덧붙여 말했다.

"암탉 부인, 한 가지 미리 말씀 드려야 할 게 있는데, 페르디낭 선생님은 부인이 예전에 알던 분이 아니에요. 왜냐하면 지금….”

“여기에 있는 게 틀림없어.”

페르디낭이 벌떡 일어나더니 옷장, 궤와 침대 밑을 다 둘러봤다.

“이제 기억이 나. 내 머리가 다시 돌아왔군! 내가 여기서 그녀와 헤어졌어. 그녀는 여기에 와서 나를 기다렸어. 내가 그녀를 찾으러 오기를 기다렸어. 틀림없어.”

엘리자베트는 침대 정리를 마무리하면서 물었다.

“페르디낭, 도대체 누구 이야기를 하는 거예요?”

“그야 당연히 모드 아니겠소! 내가 몇 주째 찾고 있다오. 다시 못 찾을까 봐 얼마나 불안했는지 모른다오! 내 아내는 여기 있소. 그렇지 않소? 어디에 있지? 앞방인가? 아직 자고 있어서 아침 먹으러 내려오지 않았나?”

두더지는 같은 층에 있는 다른 방의 문을 열려고 했다. 엘리자베트는 여전히 영문을 몰라 여우를 빤히 쳐다보며 중얼거렸다.

“저기, 페르디낭! 아시잖아요….”

그러나 엘리자베트는 목이 메어 말을 잇지 못했다.

페르디낭은 여우의 발에 붙잡혀서 소리쳤다.

"뭘 말이오?"

엘리자베트는 울먹이며 말했다.

"모드는 더 이상 이 세상에 없어요."

충격을 받은 키 작은 두더지의 머릿속에서 문 하나가 벙긋 열렸다.

『저 너머의 기억』

엘리자베트와 아르시발드는 '작가의 집' 거실에 앉아 수제 사블레 쿠키와 벚꽃나무 껍질 차를 마시면서 서로의 이야기를 들었다. 밖에는 비가 예고 없이 내리기 시작해 조용히 시들어 가던 식물과 채소를 구했다. 하루는 빠르게 지나갔고, 스치는 생각을 따라 암탉의 눈앞에 지나간 세월이 펼쳐졌다.

페르디낭은 침대에 털썩 쓰러져 누워 나오려고 하지 않았다. 여우와 암탉이 여러 번 간청해도 두더지는 베개에 얼굴을 묻고서 말하려고 하지 않았다. 혼잣말을 중얼거리기는 했지만, 뒤집어쓴 깃털 이불 밖으로 새어 나오지 않았다.

"믿을 수 없어요. 모드 부인이…."

아르시발드는 말을 꺼냈지만 끝맺지 못했다.

"진작 알아차렸어야 했는데…. 페르디낭 선생님 연세도 지긋하고, 기억도 몇 달째 오락가락했으니까요. 게다가 서점에 오실 때마다 한 번도 아내가 있다거나 결혼했다는 말을 하신 적이 없어요. 난 정말 어리석었어요!"

"자책하지 마세요. 모드는 남편의 마음속에 여전히 살아 있어요. 그래서 선생님도 페르디낭과 함께 길을 떠난 거잖아요. 페르디낭은 자신의 기억을 찾아 주려고 길을 따라나선 선생님 같은 최고의 친구는 어디서도 만날 수 없을 거예요."

암탉은 두 찻잔에 다시 차를 채우면서 대답했다.

"선생님은 사정이 딱한 손님을 돕기 위해 서점을 포기할 만큼 마음씨가 착한 분이에요. 페르디낭이 병 때문에 기억이 오락가락해도 선생님의 이타적인 행동은 영원히 기억할 거예요. 틀림없어요."

"위로의 말씀 감사합니다…. 그런데 무슨 일이 일었던 건가요? 망각병은 삶이 두더지 선생님에게 빼앗아간 것을 돌려주려는 듯해요. 두더지 선생님은 집에서 홀로 하루하루를 불안하게 보내고 계셨거든요."

여우는 부엉이 마르슬랭 박사의 책을 떠올리며 중얼거렸다.

"망각병은 두더지 선생님이 아내를 애타게 찾을 때마다, 사랑을 확인하고 싶어 할 때마다 그토록 사랑했던 이의 기억을 희망의 형태로 되돌려준 것 같아요."

서점 주인은 바삭바삭한 사블레 쿠키를 먹으면서 계속 말했다.

"일리가 있죠? 마음이 스스로 괴로움에서 벗어나려는 방법, 빵에 잼을 바르듯이 상처에 연고를 바르는 것과 같은 방법이에요…."

암탉이 여우에게 사블레 쿠키를 더 건네면서 말했다.

"마음 치료제네요."

"맞아요. 마음 치료제. 그러니까 삼십 년 전에 페르디낭 선생님이 부인 댁에 처음 왔을 때 무슨 일이 있었는지 이야기해 주시겠어요? 모드 부인에게 무슨 일이 있었던 건가요? 어쩌다가 목숨을 잃으셨나요?"

"좀 몰랐으면 좋았을 텐데, 불행하게도 다 알아요. 비극적인 이야기지요…. 페르디낭은 이곳에 왔을 때 단편적으로만 이야기했어요. 그러던 어느 날 밤, 벌써 삼십 년 전이군요. 문학의 밤에서 페르디낭은 파편적인 말들을 이야기로 바꿔서 우리에게 털어놓고야 말았어요."

암탉은 차를 홀짝이면서 말했다.

"먼저 사과 세 개만 한 키 작은 두더지가 강가에 밀려왔던

날부터 이야기해야겠네요…. 그리고 페르디낭이 겪은 비극에도 불구하고 어떻게 나와 친구가 되었는지도요."

벽난로의 불이 더욱 강렬하게 타올랐다.

◇◇◇

8월의 어느 날, 엘리자베트는 빨래를 널다가 저 멀리 강가에 어울리지 않는 걸 보았다…. 큼지막한 호두껍데기 옆에 두더지가 기절해 있어서 얼마나 놀랐는지 모른다! 엘리자베트는 당황했지만, 조난당한 두더지를 구하러 한달음에 달려갈 생각밖에 없었다. 그날 아침, 에드가가 하숙생들의 아침 식사를

차리는 동안, 엘리자베트는 두더지를 간호했다. 몇 시간이 지나서 정신을 차린 두더지는 자신이 어디에 있는지, 강가에 다른 두더지는 없었는지 물었다. 두더지는 자기밖에 없었다는 암탉의 대답에 더는 아무 말도 하지 않았다.

처음에 두더지는 말없이 서둘러 '작가의 집'을 떠나려고, 자리에서 일어나 더러워지고 구멍이 난 옷을 다시 입으려고 했다. 그러나 숨도 제대로 못 쉴 만큼 기침을 지독하게 했다. 꿀 몇 스푼과 정원에서 따서 우린 허브 차를 몇 차례 마신 후에야 기침은 두더지의 침묵처럼 멈췄다. 그러자 두더지는 다시 떠나려고 했다.

두더지는 문턱에 서 있는 암탉에게 말했다.

"뭐라 감사 인사를 드려야 할지 모르겠습니다. 친절을 베풀어 주셔서 진심으로 감사합니다."

엘리자베트는 음식 바구니를 건네면서 말했다.

"제가 강가에 쓰러졌어도 당신은 저에게 똑같이 했을 거예요. 나중에 돌려주셔도 되니까 이 바구니를 가져가세요."

"네, 다시 가져다 드릴게요. 저도 감사한 마음을 보여 드릴 방법을 찾아볼게요."

"저희 집은 '작가의 집'이라고 불려요. 저는 여기서 놀라운 이야기들이 탄생할 거라고 믿어요. 저에게 고맙다는 인사를 하고 싶으면, 나중에 당신의 이야기를 하러 오세요. 끔찍한 이야기라 할지라도 말이에요. 알겠지요?"

두더지는 바구니를 받아 들며 대답했다.

"네, 그럴게요."

페르디낭은 약속을 지켰다. 그러나 엘리자베트는 페르디낭이 정말로 다시 올까 싶어서 며칠 밤을 뜬눈으로 지새웠다. 그래서 2주 동안 달걀을 단 한 개도 낳지 못하고, 부드러운 자갈 마을 시장에 가서 36알을 사야 했다. 낮에는 불안한 마음을 떨쳐내려고 일에 몰두했다. 채소밭을 가꾸고, 정원에 필요한 나무와 꽃을 사고, 다 세우지 못한 울타리를 마저 세웠다…. 정신을 차리려면 일을 해야 했다. 그러나 매일 밤, 잠자리에서는 잠을 이루지 못했다. 엘리자베트는 '작가의 집' 문턱에 서서 눈물이 마른 눈으로 엘리자베트를 쳐다보며 언젠가 돌아오겠다고 약속했던 페르디낭을 생각했다.

어느 날, 백조 에드가가 엘리자베트와 불 옆에서 체커(체스판에 말을 놓고 움직여서 상대방의 말을 모두 따면 이기는 게임.—옮긴이)를 할 때, 엘리자베트를 이기게 하려고 애쓰면서 물었다.

"페르디낭을 생각하고 있어요?"

암탉은 멍한 표정으로 말 하나를 아무렇게나 움직였다.

"흠, 흠."

그때 누가 문을 쾅쾅 두드려서 대화는 이어지지 않았다. 엘리자베트가 나가서 문을 열었더니, 페르디낭이 서 있었다. '작가의 집'에 돌려주려고 식기류를 씻어서 바구니에 넣어 가져왔다. 페르디낭이 현관에 들어와 입구 가까이에 있는 안락의자에 털썩 앉았을 때, 엘리자베트는 페르디낭이 울고 있다는 걸 알았다. 깨진 안경을 쥔 페르디낭은 위로할 수 없을 정도로 비탄에 잠겨 있었다.

페르디낭은 오열했다.

"나만 살았어요! 다 찾아가 봤는데…."

페르디낭이 오기를 기다리며 엘리자베트가 비워 두었던 위층 방에 들어간 페르디낭은 나오지 않았다. 식사도 엘리자베트가 방으로 가져다줬다…. 페르디낭은 거의 온종일 잠만 잤다. 엘리자베트는 종종 다른 하숙생들과 따로 저녁 식사를 할 수 있을 때 위층에서 페르디낭과 이야기를 해 보려고 애썼고, 에드가도 페르디낭에게 말을 걸어 보려고 체커 게임을 가지고 올라갔다.

엘리자베트는 몇 주 동안은 페르디낭을 불쌍하게 여겼지만, 더는 두고 볼 수 없다는 생각이 들었다. 어느 날 아침, 종이 몇 장과 잉크병 그리고 자신의 깃털로 만든 펜을 들고서 여전히 자고 있는 페르디낭의 방에 들어가 창문 앞에 있는 책상 위에 탁 내려놓고, 커튼을 홱 열어젖혔다.

"페르디낭, 당신이 말하고 싶지 않다는 거 알아요. 당신이 겪은 일이 끔찍하다는 것도 알고요. 그러나 당신이 나한테 약속했잖아요. 여기 필기도구를 두고 가요. 말하기 힘들면 종이에 적어 봐요. 어쩌면 더 쉬울 수도 있고, 아닐 수도 있겠지요. 그래도 나를 위해서 노력을 해 봐요. 당신이 나한테 약속했잖아요."

암탉은 여전히 침묵을 지키며 자신을 빤히 쳐다보는 페르디낭을 뒤로하고 문을 닫고 나갔다.

다음 날, 문학의 밤 시간에 두더지는 나타나지 않았다. 그 다음 금요일에도 오지 않았다. 엘리자베트가 포기하려고 할 때, 그 달의 세 번째 금요일 밤에 나온 페르디낭은 채소밭 근처 등불 장식 아래 동물들이 앉아 있는 큼지막한 탁자에 앉았다. 그러고는 아무 말 없이 서프라이즈 빵 몇 조각, 그러니까 살구 잼을 바른 빵 두 조각과 블루베리 잼을 바른 빵 한 조각을 먹으면서 다른 동물들이 읽어 주는 글을 귀 기울여 들었다. 그리고 각자 소지품을 챙겨서 방으로 돌아가려고 할 때, 페르디낭이 입을 열었다. 그날 페르디낭이 읽은 글은 그 자리에 있던 동물들에게 충격을 안겨 줬다….

그 후로 몇 주 동안 엘리자베트와 에드가와 다른 동물들은 눈물을 흘리며 페르디낭의 이야기를 들었다. 나중에 『저 너머의 기억』이 되는 책의 일부였다. 그리고 이 책은 아르시발드의 아버지가 운영하는 아름다운 나무껍질 서점의 책장에 꽂히고, 30년이 지나 낯선 동물에게 팔려서 이 모험까지 이끌었다.

◇◇◇

"그날 밤, 페르디낭이 했던 이야기는 누가 들어도 눈물을 흘릴 수밖에 없을 거예요…. 오랜 시간이 흘렀지만, 전 여전히 그때와 똑같은 감정을 느껴요…."

아르시발드가 물었다.

"엘리자베트 부인, 대체 무슨 일이었나요?"

"페르디낭이 강가에 쓰러져 있었던 이유는…."

그때 현관에서 목소리가 들렸다.

"실례합니다! 계세요?"

엘리자베트는 여우의 앞발을 톡톡 두드리며 사과했다.

"잠깐만요."

현관 근처 접수처 앞에 젊은 오소리가 있었고, 흠뻑 젖은 커다란 가방과 조금 전까지 썼던 빗물이 줄줄 흐르는 우산을 내려놓았다.

엘리자베트는 밤늦게 찾아온 여행자의 외투를 받으면서 말했다.

"도와 드릴까요? 짐은 제게 주세요."

오소리가 수줍게 미소를 지으면서 말했다.

"실은 '작가의 집' 이야기를 듣고 왔습니다. 방이 있으면 며칠 머물고 싶습니다."

"네, 방 있어요."

오소리는 모자를 내리면서 인사했다.

"저는 오소리 루소입니다."

엘리자베트는 벽 널빤지에 걸린 방 열쇠를 집어 들면서 말했다.

"마침 삼 층에 방이 있어요. 따라오세요. 방이 어딘지 알려 드릴게요. 방에서 짐을 풀고 계시면, 벚꽃나무 껍질 차와 제가 만든 사블레 쿠키를 가져다 드릴게요. 오소리 씨도 작가이신가요?"

루소는 얼굴을 붉히며 대답했다.

"그냥 글을 쓰고 싶어요. 여기가 글쓰기에 집중할 수 있는 곳이라고 생각했어요."

엘리자베트는 오소리를 계단으로 안내했다.

"그렇다면 잘 찾아오셨어요! 게다가 내일 저녁에는 매주 열리는 문학의 밤 행사가 있어요. 오소리 씨도 오세요. 종이와 잉크와 제 깃털로 만든 펜을 가져다 드릴게요. 무엇이든 써 보시고, 우리와 함께 이야기를 나눠요. 글이 써지지 않아도 괜찮아요. 그냥 와서 다른 동물들의 이야기를 들어도 돼요. 자, 이쪽으로 오세요."

오소리는 암탉을 뒤따라 올라가면서 말했다.

"정말 감사합니다! 최선을 다해 볼게요."

엘리자베트는 새 손님과 헤어지고 다시 거실로 내려왔다.

"여우 선생님, 죄송해요. 갑작스레 손님이 오셔서요. 우리 이야기는 내일 다시 할까요?"

"네, 좋아요."

엘리자베트는 깃털을 몇 가닥 흘리면서 서둘러 계단으로 갔다.

밖에는 어느새 비가 그쳤다. 여우는 벌써 코를 심하게 골며 자는 친구의 맞은편 침대에 누워서 이 가엾은 페르디낭의 회고록을 서점 책장에 꽂아 두고서도 요 몇 년 동안 까맣게 몰랐던 자신을 자책했다. 누가 『저 너머의 기억』을 사 갔을까? 페르디낭이 그 책을 다시 찾을 수 있을까? 서점 주인은 열린 창문으로 어슴푸레 밝아 오는 밤하늘을 빤히 쳐다보며 책이 다시 나타나기를, 페르디낭 품에 꼭 돌아오기를 달에게 빌었다. 서점 주인은 그때까지 몰랐다. 자신의 소원이 곧 이루어지리라는 걸.

영혼의 만남

페르디낭은 '작가의 집' 3층 방에서 침대 끝에 앉아 창밖을 내다봤다. 아니, 어쩌면 벽장, 문, 벽에 걸린 단순한 그림을 보는 걸지도 몰랐다. 무엇이 진짜이고, 무엇이 진짜가 아닌지 모른다면 아무것도 의미가 없었다. 아르시발드가 방을 나간 뒤로 시간이 얼마나 흘렀을까? 전혀 알 수 없었다! 페르디낭이 발목에 찬 시곗바늘은 어렸을 적에 숫자라고 부르던 것에 해당하는 불분명한 기호 위에 멈춰 있었다.

그러나 오늘, 조용한 방에서 잘게 부서지는 빛에 비친 이 숫자들은 더 이상 아무런 의미가 없었다. 시간도 마찬가지였다. 두더지는 흐리멍덩한 눈으로 마치 시간을 되돌리듯이 시젯바늘을 반대 방향으로 돌렸다. 큰 바늘을 쫓아가려고 애쓰는 작은 바늘을 하염없이 쳐다보는데, 갑자기 문 두드리는 소리가 났다. 페르디낭은 깜짝 놀랐다. 또렷이, 크게, 간격을 두고 세 번 두드리는 소리가 들렸다.

"안녕, 우리 페르디낭. 오늘 학교에서는 어땠니?"

현관에서 두더지 노르베르가 허리에 두른 공구 허리띠에 달린 (나사별로 색깔이 다른) 색색의 나사돌리개를 하나씩 닦고 있었다. 걸레 대신 임시변통으로 쓴 찢어진 셔츠 자락에는 어떤 강력한 세제로도 지워지지 않을 것 같은 기름 얼룩이 졌다.

페르디낭은 말없이 시무룩이 고개를 숙이고 자신의 에나멜 구두로 침대 밑판을 힘없이 두드렸다. 노르베르는 침대 가장자리에 앉았다. 침대 스프링이 삐걱거렸다.

노르베르는 아들의 삐죽하게 곤두선 머리털을 쓰다듬었다.

"아빠한테 말하기 싫어?"

"곰 가에탕 때문이에요. 가에탕이랑 그 친구들 앞을 지날 때마다 걔가 절 밀쳐서 땅바닥에 쓰러뜨려요. 남들이 다 보는 앞에서 저를 웃음거리로 만들어요…."

페르디낭은 휘어진 안경다리와 생채기가 난 무릎을 아빠에게 보여 줬다.

노르베르는 발목에 찬 물건을 풀면서 말했다.

"있잖아, 시간은 상대적이야. 아빠가 네 나이였을 때, 하루하루가 너무 느리게 가서 언제 내가 커서 엄마한테 들키지 않고, 혼나지 않고 선반 위에 있는 초콜릿 단지를 가질 수 있을까 궁리했어."

노르베르는 상상의 초콜릿 단지를 열어 맛보는 시늉을 하며 덧붙여 말했다.

"지금 돌이켜보면, 시간이 너무 빨리 지나갔어. 엄마한테 혼나던 시절이 그리워. 왜냐하면 이제 엄마는 날 야단치기에는 너무 지쳤고, 자신의 세계에 빠져 계시니까…."

페르디낭은 아빠를 안심시키려는 듯 끌어안으며 대답했다.

"분명히 할머니는 마음속으로 아빠를 혼내실 거예요."

"그래, 그러실 거야. 네 고민도 이렇게 생각해 보면 어떨까? 내가 너처럼 시간이 필요했을 때, 아버지가 이 시계를 내게 주셨어. 오늘은 너에게 주마."

노르베르는 아들의 발목에 시계를 채워 주면서 말했다.

"작은 시곗바늘이 문자판 위에서 칠만 번 돌면, 너는 다 큰 두더지가 되어 있을 거야. 진짜 어른 두더지가 되어 있을 거야. 그때가 되면 곰 가에탕은 네 삶에서 완전히 사라졌을 테고, 너는 전에 없이 행복할 거야. 선택은 네가 직접 하고, 그

어떤 것도, 누구도 너를 막을 수 없을 거야. 페르디낭, 어때? 아빠를 믿어 볼래?"

작은 두더지는 아빠의 품에 안기며 말했다.

"네, 아빠."

"그때가 되면 넌 부엌 선반에 있는 초콜릿 단지도 마음껏 꺼낼 수 있을 거야."

노르베르는 크게 너털웃음을 터뜨리며 자리에서 일어나 방을 나갔고, 곧이어 웃음소리도 망각 속으로 사라졌다.

문이 닫혔을 때, 페르디낭은 미소를 지으며 태엽을 감고, 감고, 또 다시 감고 있었다. 그러나 이번에는 정방향이었고, 세어 보지 않아도 7만 번은 돈 것 같았다.

페르디낭이 다시 정신을 차려 보니, 펜을 잉크병에 꽂은 채 책상에 앉아 있었다. 몇 달째 비올레트에게 편지를 쓰지 못했다. 그러나 모드가 여전히 잘 지낸다고 계속 믿게 해야 했다…. 모드가 더 이상… 이 세상에 없어도 말이다…. 화를 잘 내고, 쉽게 상처를 받는 비올레트는 동생을 끔찍이도 사랑하기 때문에 진실을 알면 엄청나게 충격을 받을 게 불 보듯이 훤했다. 그래서 페르디낭은 기필코 편지를 써야 했다!

그러나 페르디낭이 흰 종이에 그리는 글자들은 자꾸 모이지 않았다. 줄과 문단 그리고 단어를 만들 때 필요한 제약을 벗어났고, 날아가 버렸다. 글자는 한 자씩 떨어져서 종이 위를 이리저리 돌아다녔고, 흰 바탕의 종이는 공포스러울 만큼 공백 없이 온통 검게 그려지고, 칠해졌다. 페르디낭의 펜은 비올레트의 이름을 이어 쓰지 못했고, 글자를 모르는 듯이 모양을 일그러뜨렸다. 글을 쓰고 또 쓰다 지쳐 버린 페르디낭은 정신을 차리지 않으면 비올레트에게 편지를 쓸 수 없겠다고 생각했다. 그래서 다시 집중하려고 하는데 갑자기 누가 문을 두드렸고, 복도에서 들어온 빛이 어둠을 몰아냈다.

"안녕하세요? 숲속 우편 서비스에서 왔습니다!"

두더지는 창구 직원의 번쩍이는 새 제복을 칭찬했다.

"안녕하시오? 브리즈방 씨, 오늘따라 더 멋지군. 웃옷 안쪽에 묻은 블루베리 얼룩만 빼면…."

"이게 다 식탐 때문이지요. 편지는 다 쓰셨어요?"

"마무리하는 중이라오. 편지를 찾으러 방문해 주다니 정말 고맙소."

"뭘요. 제가 근처에 살잖아요."

브리즈방은 침대 시트가 구겨지지 않게 조심히 침대에 앉아 창밖을 바라보며 두더지가 편지를 다 쓰기를 기다렸다. 창유리가 무지개 빛깔이라 그런지 브리즈방의 가장 어두운 깃털에도 무지개 색이 칠해진 것 같았다.

박새가 털어놓았다.

"제가 질문은 한 번도 드린 적이 없지요. 선생님이 몇 년 전에 절 찾아오셨을 때, 저는 묻지도 않고 도와 드리기로 했지만, 사실은 정말 궁금했어요. 오늘은 질문 하나만 해도 될까요?"

"물론이오."

두더지는 봉투에 라벤더를 약간 밀어 넣고, 능숙하게 혀로 침을 발라 봉투를 붙였다.

"왜 비올레트 부인을 찾아가서 사실대로 말씀하지 않으세요? 왜 억지로 모드 부인을 대신해서 편지를 쓰세요? 몇 년째 모드 부인의 글씨체를 흉내 내서 편지를 쓰는 게 참 고통스러우실 텐데요…. 선생님이 여전히 느끼시는 끔찍한 고통을 비올레트 부인은 느끼지 않게 하시려는 건가요?"

두더지는 자리에서 일어나 봉인한 편지를 친구 박새의 발톱에 쥐어 줬다.

"그렇다고 말하고 싶소. 그냥 비올레트를 지켜 주고 싶은 거라고 말하고 싶군. 그러나 나 자신을 위해서이기도 하다오."

박새는 갸우뚱했다.

"선생님을 위해서라고요?"

두더지는 창유리 너머 이글거리는 해를 바라보며 말했다.

"그렇다오, 나를 위한 거라오. 내가 말하지 못하는 건, 몇 년 전에 비올레트가 내게 동생을 맡길 때, 내가 했던 약속을 지키지 못했다는 사실을 나 스스로 인정할 수 없기 때문이오. 그때 비올레트는 내게 무슨 일이 있어도 우리 가족을 지키라고 맹세하게 했다오. 그러나 나는 실패했고, 모드를 잃었소. 그래서 비올레트에게 사실대로 말할 수가 없는 거요. 내가 약속을 지키지 못했다는 사실을 털어놓고 싶지 않소. 물론 좀 이기적이지. 그러나 이럴 수밖에 없소. 내가 선생을 오래 붙들고 있었군. 오늘 할 일도 많을 텐데."

박새는 한쪽 날개로 두더지의 어깨를 다독였다.

"네, 다시 올게요. 그리고 그건 선생님 잘못이 아니었어요. 누구의 잘못도 아니었어요."

두더지는 친구가 문을 닫고 나가는 동안 책상에 다시 앉으면서 중얼거렸다.

"나도 그렇게 믿고 싶소. 그렇게 믿고 싶어…."

페르디낭은 다 쓰지 못한 편지를 책상에 내버려두고 침대에 다시 누워 이불을 뒤집어썼다. 글씨를 알아볼 수 없는 종이 위에 놓인 말린 라벤더 꽃 한 송이는 천천히 부서져서 위로할 수 없는 씨앗이 되었다.

또 누가 문을 두드리자, 페르디낭은 베개 밑으로 머리를 파묻으며 끙끙 앓는 소리를 냈다. 일어나고 싶은 마음이 조금도 없었다. 문이 벌컥 열렸고, 익숙한 향이 풍기면서 음식을 담은 쟁반을 책상에 올려놓는 소리가 났다. 찻주전자에 부딪치며 땡그랑거리는 찻잔들, 추억의 맛. 두더지는 화들짝 놀라 덮고 있던 이불을 홱 젖혔다.

모드가 침대 가장자리에 앉았다.

"여보, 잘 잤어?"

햇살 같은 모드는 아침 식사를 차려 와서 장식이 있는 도자기 찻잔 두 잔에 차를 따르고, 한 천 번쯤 고친 큼지막한 안경을 페르디낭에게 건넸다. 페르디낭이 안경을 다시 쓰고 보니, 책상 위에 있던 종이와 잉크와 펜이 사라졌고, 그 자리에는 오븐에서 갓 꺼낸 따뜻한 사블레 쿠키와 모드가 아침마다 마시기 좋아하는 베르가못 차가 있었다.

"당신은 이 세상에 없어. 여기는 한 번도 온 적이 없어."

페르디낭은 고개를 가로저으며 다시 이불 속으로 들어가려고 했다.

"알아, 아무튼 여긴 참 매력적인 장소야. 내가 세상을 떠난 뒤로 당신이 여기서 시간을 보낸 이유를 알겠어."

모드는 옷장과 커튼을 쓰다듬고 다시 돌아와 페르디낭의 곁에 앉으며 말했다.

"엘리자베트 부인은 센스가 좋네. 당신을 보살펴 줘서 정말 고마워. 당신한테는 아무 잘못도 없다는 걸 당신이 알아주면 좋겠어."

"브리즈방 씨도 그렇게 말했지. 하지만 난 당신 말을 받아들일 수가 없어. 그때 내가…."

"페르디낭, 당신이 할 수 있는 건 없었잖아."

모드가 말을 가로막으며 페르디낭의 뺨을 쓰다듬고, 과자를 내밀었다.

"난 한 번 결정하면 바꾸지 않잖아…. 사블레 맛은 어때?"

페르디낭은 쿠키를 천천히 씹으면서 포도와 섞인 검은깨의 맛을 느끼며 말했다.

"맛있어."

"당신은 내 결심을 바꿀 수 없었어!"

"하지만 그날 이후로 내가 얼마나 자책했는지 몰라. 무능한 나 자신이 참을 수 없을 정도로 미웠어…."

페르디낭은 모드를 산 자들의 세상에 붙들어 두려는 듯이 모드의 발을 붙들고 흐느꼈다.

모드는 일어나면서 말했다.

"페르디낭, 당신은 최선을 다했어. 울지 마. 당신이 나를 찾으려고 모험까지 떠나다니, 내가 얼마나 감동했는지 몰라. 당신은 내 사랑하는 남편이고, 세상에 둘도 없는 친구라서 정말로 자랑스러워. 이제는 내 말을 들어줘. 부탁할게."

"무슨 말이야?"

"당신 친구, 여우 선생이 잠긴 방문을 몇 시간째 두드리고 있잖아. 어서 일어나서 문을 열어 줘. 당신이 이 병에, 나를 잃어버렸다는 죄책감에 끌려다니지 않으면 좋겠어. 그리고 당신이 나보다 오래 행복하게 살면 좋겠어. 당신 앞에는 아름다운 일들이 기다리고 있어…."

모드는 니트 카디건 앞을 살며시 여미며 아침 식사 쟁반을 치웠다. 모드의 작은 습관 하나하나가 시적이어서 페르디낭은 늘 아내를 존경했다. 아내의 움직임 하나하나가 아내가 직접 쓴 시의 구절이었다.

"여보, 다시 날 보러 올 거지?"

"페르디낭, 난 한 번도 당신을 떠난 적이 없어."

모드는 마지막으로 미소를 지어 보이며 방문을 닫고 나갔다. 페르디낭은 서둘러 달려가 문을 열어 모드를 찾았는데, 문지방에는 외투 차림의 여우가 다시 문을 두드리려는 듯이 한 발을 들고 서 있었다. 층계참에 보이는 안락의자에는 여우가 시간을 보내려고 빌려 온 책 한 권이 있었다.

"아, 페르디낭 선생님, 드디어 일어나셨군요!"

여우가 친구의 머리를 쓰다듬었다.

"아침을 먹고 왔더니 선생님께서 문을 잠그셔서 여기서 책장에 있는 책들을 읽다 보니 하루가 다 갔네요."

두더지는 죄책감에 사로잡혀서 대답했다.

"미안하오. 지금 내가 뭘 하는 건지 도무지 모르겠소…."

"알아요. 선생님을 탓하는 게 아니에요. 엘리자베트와 이야기하러 내려가야 했는데, 나중에 보려고 안 갔어요. 선생님을 혼자 두고 가고 싶지 않았어요! 혹시라도 선생님이 문을 열었을 때 제가 없으면 틀림없이 불안해지실 테니까요. 아무튼… 이제 곧 문학의 밤 시간이에요."

서점 주인이 미소를 지으며 말했다.

"가서 은은한 달빛 아래에서 우리 여주인이 만든 유명한 여섯 가지 잼을 바른 서프라이즈 빵을 먹으면서 작가들의 이야기를 듣는 게 어때요?"

페르디낭은 친구의 발을 꼭 붙들면서 말했다.

"좋소. 그런데 잠깐만. 호두껍데기를 메야겠소. 호두껍데기가 없으면 발가벗은 기분이 든다오."

페르디낭은 셔츠 앞으로 끈을 묶으면서 덧붙여 말했다.

"자, 갑시다…! 그런데 어디로 가지요?"

여우는 미소를 지으면서 속삭였다.

"절 따라오세요! 오늘 밤은 제가 선생님의 기억이 될게요."

두 친구는 서로를 맞잡고 난간을 장식하고 있는 카네이션을 구경하면서 1층으로 이어지는 계단을 한 칸씩 걸어 내려갔다. 밖에는 초승달이 벌써 드넓은 하늘에 자리를 잡고 있었다. 달빛은 약하지만 부드럽게 정원에 비췄다.

현관 밖으로 나온 아르시발드와 페르디낭은 그들의 등 뒤, 층계참 위에서 문이 열리는 소리를 듣지 못했다. 문학의 밤에 가려는 또 다른 하숙생이 나왔다. 등에 반쪽짜리 호두껍데기를 메고서.

껍데기 속 아기

"신사 숙녀 여러분, 금요일 문학의 밤을 시작하겠습니다!"

엘리자베트는 레몬에이드가 담긴 유리 주전자와 잔 아홉 개, 작게 조각 낸 큼지막한 둥근 빵이 놓인 쟁반을 들고 왔다.

"미식가 여러분을 위해 오늘 밤에는 마르멜로, 초록 토마토, 미라벨 자두, 루바브, 딸기와 무화과, 이렇게 여섯 가지 잼을 바른 서프라이즈 빵을 준비했어요! 층마다 무슨 잼이 있는지 찾아보세요!"

모두 큼지막한 탁자에 둘러앉아 초여름 밤의 달콤한 간식을 즐겼다. 집 근처에 있는 어두컴컴한 강물은 장난기 많은 뱀처럼 슬그머니 끼어들어 물이 줄줄 흐르는 이끼가 잔뜩 낀 수

차를 돌렸는데, 마치 예쁜 수중 회전목마가 돌아가는 듯했다. 모인 동물들 위로 백조 에드가가 미리 달아 놓은 등불이 마치 작은 파도에 동동 뜬 병처럼 바람에 흔들렸는데, 빛의 전달자이자 어둠에 맞서는 보루처럼 보였다. 탁자에는 하숙생 작가들의 이야기가 작가들의 목소리로 읽히기를 기다렸고, 가벼운 담요를 덮은 작가들도 우정과 사랑 그리고 모험의 이야기를 나누는 이 주간 의식을 기대하면서 기다렸다.

엘리자베트가 탁자 끝에 앉으면서 말했다.

"모두 오늘을 위해 짧게라도 글을 준비하셨기를 바라요. 그래요, 오라스, 내가 왔을 때부터 발을 들고 있는 거 봤어요. 잊지 않았어요…."

너구리는 툴툴거렸다.

"아! 여기 있다고 알려 주려던 것뿐이에요!"

"오늘 밤에는 새로 오신 세 분을 소개할게요. 아름다운 나무껍질 마을에서 서점을 운영하시는 여우 선생님이에요. 오늘 밤에 저희에게 서점 이야기를 들려주시나요?"

아르시발드가 대답했다.

"엘리자베트 부인, 감사합니다! 그런데 실망을 드려서 죄송해요! 저는 완벽한 독자이자 청중이지, 작가로서는 소질이 전혀 없어요."

아르시발드는 글을 쓰기 시작한 서점 주인들을 늘 불신했다. 저마다 잘하는 일을 바꾸기 시작하면 세상이 뒤죽박죽될 것이다. 부르르!

“오늘 밤에는 내 친구, 두더지 페르디낭도 왔어요. 이 모임이 처음은 아니에요. 페르디낭, 다시 봐서 정말 기뻐요. 사실 다시 볼 줄 몰랐어요…. 페르디낭? 페르디낭, 어디 있어요?”

탁자 위로 삐죽 튀어나온 털이 보이고, 탁자 밑에서 소리가 났다.

“엘리자베트, 여기에 있소. 의자 높이가 좀 많이 낮군….”

엘리자베트는 두더지를 사랑스럽게 쳐다보며 사과했다.

“이런, 미안해요. 불쌍한 페르디낭, 에드가가 방석을 가져와서 좀 높여 드릴 거예요! 마지막으로 소개할 새 하숙생은 오소리 루소 씨예요. 어젯밤에 오셨어요! 그런데 어디로 가셨지? 아직 안 오셨나?”

멀리서 외치는 소리가 있었다.

“여기요!”

예쁜 붉은색 쿠션 위에 앉아서 이제 탁자 위에 앞발을 올려놓을 수 있게 된 페르디낭은 갑자기 곰곰이 생각에 잠겼다.

‘저 이름을 어디서 들어 봤더라?’

등에 반쪽짜리 호두껍데기를 멘 오소리 루소가 탁자에 앉은 동물들에게 서둘러 다가왔다. 두 발에 들고 있는 종이더미는 금방이라도 날아갈 것처럼 아슬아슬했다. 결국 비틀거리다 넘어졌고, 안경마저 떨어뜨렸다. 백조 에드가가 황급히 달려가 루소를 일으켜 세우며 밤바람에 날아간 종잇장들을 붙잡았다.

“죄송합니다!”

루소는 휘어진 안경다리를 펴고 나서 두더지와 여우의 맞은편에 앉았다.

“제 이야기를 쓰느라 시간을 깜빡했어요…. 벌써 낭독을 시작했나요?”

엘리자베트는 친절하게 말했다.

“아직 안 했어요. 서프라이즈 빵을 먹으면서 소개를 마무리하던 중이었어요. 먼저 하실래요?”

오라스가 항의했다.

“하지만 내가 먼저….”

암탉이 차분하게 말했다.

"오라스 선생님, 하늘이 꽤 맑지만, 조심해요. 달걀 비가 내릴 수 있어요…."

너구리는 숨을 내쉬며 천천히 의자 깊숙이 앉았다.

"좋아요. 오소리 씨부터 하세요."

루소는 제법 우아한 오소리였다. 말쑥한 울 정장에 나비넥타이를 매고 윗옷 주머니에 체크무늬 행커치프를 꽂고 있었고, 책상에서 오랫동안 글을 쓴 것 같았다. 발톱에 묻은 갈색 잉크 자국에서 짐작할 수 있었다. 얼굴에 네 줄의 흰색과 검은색 줄무늬는 목과 발의 적갈색 털과 뚜렷이 대조를 이뤘다. 일그러진 미소가 말해 주듯이 오소리는 눈에 띄게 어색해했다. 자신의 감정을 종이에 적는 것과 모여 있는 동물들이 아무리 친절하다 할지라도 그 앞에서 자신의 이야기를 공개하는 것은 다르니까! 어떻게 해야 오소리는 쓴 글을 울지 않고 읽을 수 있을까?

의자에 앉은 페르디낭이 점점 불안해했다. 오소리의 등에 있는 반쪽짜리 호두껍데기를 보고는 자신의 껍데기를 묶은 끈을 잡아당겼다. 마치 그 무게에서 안정감을 더 느끼려는 듯했다. 두더지가 안절부절못하자, 여우는 두더지의 앞발을 살며시 잡았다.

"어디 불편하세요? 불안해 보이시네요…."

“저 오소리, 루소 말이오….”

“저 오소리가 왜요?”

“등에 나처럼 반쪽짜리 호두껍데기를 멨소.”

아르시발드도 의아했다.

“맞아요, 그러네요! 희한하네요….”

모인 동물들이 조용해졌다.

엘리자베트가 친절하게 다시 말했다.

“오소리 씨, 당신의 이야기를 들려주세요.”

“네…. 제 이야기의 제목은 ‘오소리로 태어나고 싶었던 두더지’예요.”

여성 모자를 만드는 루이종은 감성이 풍부하고 내성적인 성격이라 다른 오소리들과 달랐다. 루이종의 자매들이 친구들과 놀러 가서 새 옷차림을 자랑하고 수다 떨기를 좋아한다면, 루이종은 가게에 남아 주문 받은 모자, 부토니에르(프랑스어로 ‘단춧구멍’이란 뜻이지만, 남자의 정장이나 턱시도 좌측 상단 구멍에 꽂는 꽃을 뜻한다.—옮긴이)와 작은 양산 만들기를 더 좋아했다. 숲은 무슨 일이든 벌어질 수 있는 불확실한 세상이었기 때문에 부드러운 자갈 마을의 모자 가게는 루이종의 피난처였다. 그래서 루이종은 아버지에게 일을 배워서 모자 가게에서 일하기 시작했다. 모자를 만드는 일만으로 충분히 행복했다. 적어도 오귀스탱과 사랑에 빠지기 전까지는….

그날 오후, 루이종은 오귀스탱에게 주려고 만든 부토니에르를 강에 던져 버리러 가면서 자신보다 다른 오소리를 더 좋아한 오귀스탱과 함께 보낸 모든 아름다운 순간을 잊기로 했다. 오귀스탱에게 했던 모든 속삭임, 둘이 나눈 모든 눈빛, 상상하지 못했다고 생각한 일까지 모두 잊어버리고 싶었다. 루이종은 자신이 만든 부토니에르를 꼭 쥐며 다시는 누구든 아무도 사랑하지 않겠노라고 굳게 다짐했다. 그러나 강가에서 반쪽짜리 호두껍데기를 옆에 두고 평화롭게 자고 있는 동물을 발견했을 때, 루이종의 심장이 조심스럽게 다시 뛰기 시작했다. 루이종은 그쪽으로 다가가면서 '하아, 방금 나 자신과 한 약속을 어기는 걸지도 몰라.'라고 생각했다.

사랑에 배신당해 다시는 사랑 같은 건 거들떠보지 않겠노라 마음먹은 루이종에게 뜻밖의 만남이 기다리고 있었다. 강가에 아기 두더지가 있었다. 키는 사과 하나만 하고, 근사한 양복을 입은 것도 아니고, 루이종에게 꽃을 선물한 것도 아니고, 루이종의 마음을 끌려는 허황된 말이나 공허한 약속도 없었다. 그러나 아기 두더지의 발갛고, 가늘고, 촉촉한 얼굴을 보자 루이종의 상처가 아물었다. 반쪽짜리 껍데기에서 빠져나온 아기 두더지는 천에 싸인 채 배가 고파서 울고 있었다.

어쩌다가 부드러운 자갈 마을 강가에 버려진 걸까? 어디서 왔을까? 어떻게 여기까지 왔을까? 아기 두더지는 얼마나 무서웠을까? 아기 두더지 옆에 있는 천 가방은 마치 아기를 버리면서 보살펴 달라고 필요한 모든 것을 넣었나 싶었다. 그러나 가방에는 표지가 물에 젖은 작자 미상의 책 한 권밖에 없었다. 고무젖꼭지, 애착 인형은 어디에 있을까? 아기 두더지의 목에는 자기 몸보다 큰 열쇠가 걸려 있었는데, 누군가 급히 달아 아기 옷 속에 집어넣은 듯했다.

루이종은 이 작은 존재가 가여웠고, 태어난 지 얼마 되지 않아 겪은 비극에 마음이 아파서 어떻게 해야 할지 몰랐다. 그러나 적갈색 아기 두더지를 집에 데려갔다. 대신 루이종은 아기 두더지를 발견한 자리에 자신의 모자를 남겨 뒀는데, 상표에 루이종의 주소가 있었다. 누군가 모자를 집으면 '오소리 모자 가게'에서 아기 두더지를 데려갔다는 걸 알 수 있고, 루이종은 잘 입히고, 잘 먹인 아기 두더지를 기쁜 마음으로 부모에게 되돌려주겠다고 생각했다.

그러나 모자는 7일 밤낮을 강가에 그대로 있었고, 아무도 찾아오지 않았다. 일곱째 날, 루이종은 모자와 반쪽짜리 호두 껍데기를 가지고 돌아왔다. 혹시 루소가 자라서 호두껍데기를 돌려받고 싶어 할 경우를 대비해서 말이다. 그렇다. 이 아기 두더지의 이름은 루소였다. 루이종은 옷 안쪽에 정성스럽게 수놓은 아기의 이름을 보면서 사랑받은 아기 두더지란 생각이 들었다. 이 반쪽짜리 호두껍데기에 아기 두더지를 넣은 부모는 분명히 선택의 여지가 없었을 것이다….

루소가 학교에 들어갔을 때, 반 친구들에게 놀림을 당했다. 엄마 오소리와 세 이모 오소리들의 사랑을 받고 자랐지만, 적갈색 두더지가 오소리 가정에서 사는 게 또래의 눈에는 이상해 보였다….

“너는 두더지야? 아니면 줄무늬가 없는 오소리야?”

고슴도치 가스통이 루소를 학교 운동장 구석으로 몰고 가 물었고, 가스통을 따라다니는 무리는 루소를 둘러싸며 히죽거렸다.

루소는 반항적인 눈빛으로 쏘아보며 맞받아쳤다.

“건드리지 마!”

“싫은데! 넌 오소리 계집애지?”

가스통이 루소를 괴롭히는 동안, 무리는 빙 둘러서서 히죽히죽 웃어 댔다. 루소는 초등학교 마지막 학년이 될 때까지 괴롭힘에 시달렸고, 결국 엄마에게 울먹이며 털어놓았다.

두더지는 숨어 있기를 좋아하는 반쪽짜리 호두껍데기 밑에 웅크리고서 말했다.

"나도 엄마처럼 오소리가 되고 싶어요. 더 이상 놀림 받기 싫어요. 얻어맞기 싫어요. 친구들과 다른 게 싫어요…."

오소리는 루소를 안으면서 말했다.

"루소야, 다르다는 이유로 놀리고 손가락질하는 애들은 늘 있을 거야. 그렇다고 네가 누구인지를 바꿔야 한다는 뜻은 아니야. 내가 널 발견했을 때, 너는 내게 다시 기쁨을 줬어. 그때 난 널 지키기 위해서라면 내가 뭐든지 할 거란 걸 알았지. 그래서 네가 두더지이건 오소리이건 상관없어. 넌 내 아들이고, 네가 어떤 선택을 하든 난 너를 사랑할 거야."

"난 엄마처럼 되고 싶어요. 제발요."

그래서 루소는 중학교에 들어갔을 때, 부드러운 자갈 마을의 모자 가게 할아버지 에메처럼 영락없는 수컷 오소리가 되었다. 루이종은 내키지 않았지만, 아침마다 분필과 구두약으로 루소의 얼굴에 검은색과 흰색 줄무늬를 정성스럽게 그려줬다. 하지만 사랑하는 아들에게 내면의 힘이 생겨서 더 이상 외모를 바꾸지 않고, 자신을 있는 모습 그대로 받아들이기를 간절히 바랐다.

몇 년이 흘러 루소가 16살이 되자, 스스로 변장하기 시작했다. 루이종이 말려도 소용없었다.

"나는 이게 좋아요. 내 종족의 색깔이잖아요. 이렇게 외모를 바꾸니까 아무도 날 놀리지 않아요."

그래서 루소의 17번째 생일이 다가오자, 루이종은 늘 주고 싶었지만, 루소가 이해할 만큼 자랄 때까지 기다리며 간직해 온 것을 선물했다. 루소는 가족들이 다 보는 앞에서 장식 무늬의 천을 조심스럽게 풀었다. 『자신의 뿌리를 찾는 모험가』라는 책과 루소라고 이름이 수놓아진 배내옷 그리고 루소의 발 크기만 한 열쇠 하나가 있었다. 이 장식 무늬가 있는 천에는 루소가 괴롭힘을 당하기 싫어서 수년 동안 거부했던 자신의 정체성을 알려 주는 모든 것이 들어 있었다. 루소에게 자신이 두더지라고 인정하는 것은 오소리가 아니라는 이유로 놀림과 주먹질을 당하던 꼬맹이, 고작 갓난아기일 때 버려진 보잘것없는 존재라는 사실을 인정하는 것과 다름없었다. 루소의 마음 한편에 자리 잡고 있던 감정은 자신이 누구도 원하지 않는 존재라는 슬픔이었다. 루소는 반쪽짜리 호두껍데기 밑에 숨어 그토록 많은 시간을 보내면서 자신을 원하지 않았고, 찾지도 않았으며, 물에 가라앉을 위험이 있는 호두껍데기에 넣어 강물에 떠내려 보낸 이들의 정체를 궁금해했다.

루소가 선물을 다 풀자, 루이종이 말했다.

"루소야, 이건 내가 널 발견했을 때, 네 곁에 있던 물건들이야. 지금 네게 주는 건, 네가 너 자신과 네 과거와 화해하고, 앞으로 나아가기를 바라기 때문이야. 그리고 기억해 주면 좋겠어. 네…."

"싫어요, 싫어…. 난 강에 버려졌다고요. 누가 자식을 버린 부모를 기억하고 싶겠어요? …난 싫어요!"

루소는 고함치며 그 자리를 떠났다.

"그러나 오늘 나는 물려받은 물건들과 부모에 대한 기억을 끌어안으려고 해요."

루소는 충격을 받은 동물들 앞에서 낭독을 마무리하며 말했다.

"내가 나를 정의했다고 생각한 것이 실제로는 날 정의한 게 전혀 아니었다는 사실을 마주해야 했어요. 왜냐하면 최근에 난 버려진 게 아니었다는 사실을 알았거든요…. 더 이상 내가 누구인지를 부끄럽게 여길 이유가 없어졌어요…."

루소는 웃옷 주머니에서 손수건을 꺼내 얼굴을 문지르고

문지르고 또 문지르면서 분필 자국과 구두약을 남김없이 닦았다. 그러자 분장으로 가려졌던 적갈색 젊은 두더지의 얼굴이 드러났다.

루소가 다시 안경을 쓰자, 아르시발드는 자신이 아는 누군가와 꽤 많이 닮았다는 생각이 들었다. 두더지가 반쪽짜리 호두껍데기에서 멋진 초록색 표지의 책을 꺼내자, 서점 주인은 그제야 알아차렸다.

문학의 밤 모임에 침묵이 감돌았다. 등불과 반딧불이의 빛이 은은하게 반짝이는 가운데, 모두 젊은 두더지의 이야기를 곱씹으며 조금 전에 알게 된 이 젊은 두더지를 위로할 말을 찾았다. 엘리자베트도 무슨 말을 해야 하나 고민하는데, 탁자 반대편 끝에서 흐느끼며 중얼거리는 소리가 나지막이 났다. 그 말소리에는 때가 되면 어떻게 말해야 할지 한평생 고민한 감정이 어려 있었다.

페르디낭이 말했다.

"아니다, 루소. 넌 버려진 게 아니야. 내가 몇 년이나 너를 찾아 곳곳을 헤맸는데. 그러다 희망을 잃었는데, 오늘에야…."

여우도 감격해 노쇠한 페르디낭을 일으켜 자신의 무릎 위에 세웠고, 페르디낭은 자신과 같이 몸이 흔들릴 정도로 흐느끼는 루소를 향해 발을 뻗었다. 동물들은 이 뜻밖의 재회에 모두 놀라 할 말을 잊었다. 몇 달째 망각병이 도깨비처럼 페르디낭의 정신을 헤집고 돌아다니며 기억의 문을 죄다 꽁꽁 잠그고 열쇠까지 삼켜 버려 언젠가 다시 열 수 있으리란 희망마저 사라졌는데, 루소가 일어나서 아버지의 발을 붙들자 그토록 오랫동안 닫혔던 파란색 문이 살며시 열렸다. 그리고 이번에는 페르디낭이 문고리를 잡아도 불에 덴 듯이 고통스럽지 않았다.

모드의 선택

30년 전, 8월의 어느 날

모드와 페르디낭은 여행길을 벌써 절반이나 왔지만, 더위 때문에 가던 길을 멈추고 점심을 먹기로 했다. 두더지들 사이에서 진지하게 지키는 말이 있다면, 식사는 시간에 맞춰서 먹어야 한다는 말이다. 점심을 늦게 먹으면, 간식은 몇 시에 먹게 될지 모른다(프랑스의 초등학생들은 보통 오후 4시가 간식을 먹는 시간이다.—옮긴이). 초콜릿 땅콩버터를 바른 빵은 오후 4시에 먹느냐, 5시에 먹느냐에 따라 맛이 달라지기 때문에 식사 시간 엄수는 두더지의 원칙이었다! 그래서 그날 아침, 모드는 잠자리를 정리하고, 옷을 개서 옷장에 넣고, 마지막 준비를 마치며 파란색 문을 열쇠로 잠그고 나서 가족이 먹을 맛있는 소풍 바구니를 챙겼다. 사랑스러운 루소는 모드가 솜씨 좋게 바느질해서 만든 배내옷을 입고서 곤히 자고 있었다.

루소의 탄생은 뜻밖의 기쁜 소식이었다. 솔직히 모드는 임신했다는 걸 알아차리지 못했다. 처음에 배가 불룩하게 불러올 때는 저녁 식사 후에 디저트로 먹는 산딸기 크림 퐁당을 끊어야겠다고 생각했다. 페르디낭과 긴 산책을 하고 나서 아름다운 나무껍질 서점의 나이가 지긋한 주인에게서 사 온 책을 읽을 때는 달달한 디저트 정도는 먹어도 괜찮다고 생각했지만 말이다. 그런데 모드의 배꼽 끝이 뾰족해지자, 모드는 몇 달 전에 비올레트가 타르탕피옹을 가졌을 때의 몸과 비슷하다는 걸 깨달았다. 임신이었다! 페르디낭과 결혼하고 나서 집을 떠나 모험하기로 결심하며 시작했던 부부의 여행을 멈춰야 했다. 그래서 페르디낭과 모드는 아름다운 나무껍질 마을 근처에서 몇 주 동안 머무르기로 했다. 마을 풍경과 상점 그리고 동물 주민들이 마음에 들었고, 온 숲이 무척 활기찼고, 맛난 먹을거리도 많았다!

모드는 페르디낭이 직접 새 보금자리를 짓는 모습을 지켜보며, 벚꽃이 활짝 핀 나무 아래에 앉아 루소의 새 옷을 부지런히 바느질했다. 배내옷, 턱받이, 천기저귀 등 아기가 태어나는 첫 해에 필요한 것이 참 많았다!

집이 다 지어졌고, 부부의 아늑한 방에서 루소가 태어났다. 여우처럼 적갈색 털이 난 아들을 본 페르디낭은 황홀해서 아들에게서 눈을 떼지 못했다.

전날 모드가 비올레트에게 보낸 편지는 다음 날 배달될 예정이었고, 운이 좋으면 모드와 페르디낭과 루소도 비슷하게 도착할 수 있을 것 같았다! 모드는 편지에 최근 여행 이야기를 쓰고 나서 언니와 언니의 사랑스러운 가족을 하루빨리 보고 싶고, 언니에게 중요하게 할 이야기가 있는데, 직접 만나서 말하겠다고 길게 썼다. 동생이 모험가의 꿈을 접고, 자매의 아이들이 함께 자랄 수 있을 거란 사실을 알게 되면 비올레트가 얼마나 기뻐할까? 모드는 여행을 떠난 지 몇 년 만에야 드디어 고향집으로 돌아가 비올레트를 만나게 되는 거였다.

모드가 제안했다.

"페르디낭, 여기서 잠깐 멈춰. 루소에게 젖 먹일 시간이야. 지난번처럼 내 목을 씹게 할 수는 없어!"

페르디낭은 아내의 어깨에서 아들을 떼어내며 말했다.

"아가, 이리 오렴. 오늘은 아빠가 아주 중요한 걸 가르쳐 줄게. 배가 볼록해지게 먹고, 강가에서 햇볕을 쬐며 낮잠 자는 법이지. 그러고 나서 디저트로 먹을 과일을 따러 갈 거야."

"그거 좋은 생각이야!"

두더지 가족이 머무르기로 정한 장소는 훌륭했다. 야생 호두나무와 밤나무가 서로 마주하며 자라서 숲은 전체적으로 비슷한 색을 띠었다. 나무 그늘이 진 길에 떨어진 밤송이들은 마치 고슴도치 가족처럼 보였다. 가시에 찔리지 않으려면 걷지 않는 편이 좋았다…. 그해에는 열매가 빨리 맺혀서 모드는 길에서 열매를 주워 비올레트 언니에게 가져다주고 싶었다. 너무 오랫동안 떠나 있었던 것에 대한 사과의 의미로 말이다. 그러나 그날은 너무 더워서 모드는 단념했고, 강가에서 피크닉을 하는 게 기운을 되찾고 가족과 함께 시간을 보낼 좋은

방법이라고 생각했다.

페르디낭이 모드의 뒤로 와서 말했다.

"두더지 부인, 당신의 탐험가들이 거대한 호두나무 그늘에서 무엇을 찾았는지 보시겠습니까? 내 짐작대로라면, 당신이 엄청 좋아할 거야!"

모드가 돌아보니 페르디낭이 크고 오톨도톨한 호두 옆에 서 있었다. 페르디낭의 등에 업힌 루소는 자기도 찾는 데 보탬이 되었고, 탐험에서 가져온 것이 뿌듯하다는 듯이 쫑알거렸다.

페르디낭은 모드가 호두를 깨도록 칼을 건넸다.

"두더지 부인, 당신의 남편과 아들이 해냈어. 어때?"

모드가 호두를 반으로 가르며 말했다.

"대단해! 오늘 점심으로 충분하겠어. 비올레트 언니와 무스타슈 형부와 타르탕피옹 조카에게도 큼지막한 호두알을 가져다줄 수 있겠는걸! 멋져! 나의 멋진 두 탐험가들! 어서 와서 먹어요!"

모드와 페르디낭 그리고 루소는 잔치를 벌였다. 하늘이 흐려지기 시작하자, 모드는 서둘러 길을 떠나 찻집이나 식당이나 여인숙 같은 피난처를 찾아야겠다고 생각했다. 그러나 몇 분이 지났는데 비는 오지 않아서 강가에 좀 더 머물렀다. 배가 부른 루소는 행복한 표정으로 엄마의 니트 카디건에 기대어 천사처럼 잠들었다.

페르디낭은 호두껍데기 반쪽 중 하나의 끄트머리에 머리를 대고 물었다.

“아이 방은 언제 보여 줄 거야? 거의 다 되지 않았어? 당신이 꿈꾸던 대로 지어졌어?”

모드는 목에 건 열쇠를 쥐며 대답했다.

“그럼, 완벽해. 어젯밤에 당신이 자는 동안 끝냈어. 돌아가면 볼 수 있을 거야. 루소가 좋아하면 좋겠어….”

“당연히 좋아하겠지. 당신이 꾸몄으니까. 루소는 틀림없이 그곳에서 행복해하고, 아름다운 꿈을 꿀 거야. 지금처럼. 사실 우리가 꿈꿨던 삶은 아니지만, 또 다른 모양의 꿈이잖아.”

모드가 대답했다.

“나는 이 꿈이 훨씬 더 아름다워.”

모드와 페르디낭은 행복하게 아무런 걱정 없이 잠들었다. 점점 하늘을 뒤덮는 먹구름은 전혀 보지 못했다.

모드는 품에 안고 있던 루소의 울음소리에 잠에서 깼다. 주위의 목가적인 풍경은 온데간데없이 사라졌다. 호두나무와 포플러, 밤나무가 둘러싼 숲이었는데, 지금은 도저히 뛰어넘을 수 없는 거대한 불의 장벽으로 변해 있었다. 그 위로는 번개가 번쩍번쩍 죽음의 춤을 추며 하늘을 갈랐다. 저 멀리 떨어진 나무에 벼락이 떨어진 것 같았다. 불길은 무서운 속도로 번졌고, 숲은 뜨거운 열기에 헐떡이며 물을 달라고 고함치는 듯했다. 모드 옆에 있는 페르디낭은 쿨쿨 자느라 일어날 줄 몰랐다. 아니, 어쩌면 연기에 정신을 잃은 걸지도 몰랐다. 어서 움직여야 했다!

모드는 소리치며 남편을 흔들어 깨웠다.

"페르디낭! 여보! 페르디낭, 일어나!"

"왜… 왜 그래? 여보, 무슨 일이야?"

그러나 모드가 대답할 필요가 없었다. 주위에서 불꽃들이 마른풀을 무한한 연료처럼 먹어 치우면서 커졌다. 페르디낭은 1분도 지체 없이 소지품을 몽땅 챙겨서 아내와 아들을 데리고 강가로 후퇴했지만, 물살은 폭풍우에 거세졌다. 두더지는 헤엄을 칠 줄 모르기 때문에 물에 뛰어드는 것은 불에 뛰어드는 것과 마찬가지로 위험한 일이었다.

페르디낭이 소리쳤다.

"여기 움직이지 말고 있어! 빠져나갈 길이 있나 보고 올게!"

"여보, 조심해!"

젊은 아빠는 숨차게 뛰어다녔지만, 길을 찾는 곳마다 불길이 나뭇가지 사이를 헤집고 들어와 나뭇잎들이 갈색으로 타버렸다. 지나갈 수 있겠다고 생각할 때마다 뜨거운 불길에 밤나무가 터지고, 밤송이들은 혜성처럼 휙휙 소리를 내며 덤불로 날아가 불태우며 죽음의 노래를 반복했다. 빠져나갈 만한 입구가 보여도 금세 닫혀 버렸다. 그 순간, 페르디낭은 여행의 끝이 비극으로 치닫고 있음을 직감했다. 어떻게 해야 이 끔찍한 운명에서 가족을 구할 수 있을까?

강가에 무릎을 꿇은 모드는 자신이 해야 할 일을 퍼뜩 깨달았고, 그것을 어떻게 해낼지도 정확히 알았다. 이것은 모드가 꿈꾼 삶이 아니었다. 모든 것이 악몽으로 변하고 있었다. 그러나 지금은 후회가 아니라 빠르게 결심할 때였다. 모드는 천을 물에 적셔서 루소를 싸맸고, 신이 이른 오후에 선물로 준 호두껍데기를 가져왔다. 그러고는 호두껍데기 반쪽에는 아기를 누이고, 목에 걸고 있던 파란색 문 열쇠가 걸린 끈을 아기 목에 매 주었다. 또 껍데기에 천 가방을 넣고 아름다운 나무껍질 마을의 서점에서 나이 많은 여우 주인에게서 산 책, 『자신의 뿌리를 찾는 모험가』를 조심스럽게 담았다.

모드가 소리쳤다.

"여보, 빨리 와! 방법을 찾았어!"

페르디낭은 폐에 들어찬 연기를 빼내려고 기침하며 말했다.

"방법? 어떻게…?"

모드는 루소를 넣은 호두껍데기를 보여 주며 말했다.

"이 방법밖에 없어. 루소와 같이 타기에는 너무 작고, 뒤집힐 위험이 있어서 루소만 태웠어. 나머지 껍데기에는 페르디낭, 당신이 타."

"말도 안 돼! 모드, 당신이 타야지! 아이에게는 엄마가 필요해. 그리고 나는…."

페르디낭은 불길에 밤나무가 터져서 말을 멈췄고, 불이 붙어 타닥거리는 밤송이들은 검은 강물로 떨어져 꺼졌다.

페르디낭은 거짓말이라는 것을 알면서도 힘주어 말했다.

"당신이 타, 알았지? 나는 강 건너편으로 헤엄칠 방법을 찾아볼게. 찾아낼 거야. 맹세해."

모드는 머뭇거리는 듯했고, 남편의 고집스러운 표정을 보며 받아들였다. 불길은 이제 몇 미터 앞까지 가까이 다가왔다.

"알겠어, 여보. 먼저 루소의 껍데기부터 같이 밀어 줘. 당신도 무사히 와 줘."

"그래, 맹세할게!"

그러나 모드는 머릿속으로 다른 생각을 품고 있었다. 페르디낭이 뒤를 돌자, 모드는 돌을 집어 남편의 머리를 내리쳤다.

모드가 평생 사랑했던 두더지는 자신에게 무슨 일이 일어났는지 모른 채, 울고 있는 아들의 발 위로 풀썩 쓰러졌다.

모드는 두 번째 호두껍데기를 뒤집어 땀을 뻘뻘 흘리며 남편을 태웠다. 페르디낭의 네 발이 임시변통의 호두껍데기 배 밖으로 튀어 나왔지만, 모드는 아무 문제없을 거라고 굳게 믿었다. 사랑하는 아들이 잘 자라기를, 자신의 목숨보다 사랑하는 남편이 자신의 선택을 용서해 주기를 빌며 마지막으로 입맞춤을 한 뒤에 온 힘을 다해 두 호두껍데기를 밀었다. 요동치는 강물을 따라 둘은 점점 멀어졌다. 뒤에서는 모드를 삼키려고 지옥이 다가왔다. 그러나 모드는 아슬아슬하게 떠내려가는 자신의 심장 반쪽들에게서 눈을 떼지 않았고, 두려워하지도 않았다.

파란색 문의 열쇠

감동적인 문학의 밤이 끝나자, 참석자들은 서로 부둥켜안으며 위로했다. 그날 밤, 페르디낭은 두 가지를 되찾았다. 바로 아들 루소와 이 모든 모험의 발단이 된 자신의 책이었다. 아르시발드는 페르디낭의 자전적인 모험 이야기, 『저 너머의 기억』을 되찾았다는 사실이 믿기지 않았다. 이 제본된 종이 묶음은 한 동물의 기억을 보증하는 회고록이고, 페르디낭의 소중한 이들과 관련된 기억이 들어 있었다. 두더지 페르디낭은 각 장에 사랑하는 이를 잃은 고통을 쓰라린 펜으로, 아들을 찾아보았지만 희망이 실망으로 변한 이야기를 우울한 잉크로 한 자 한 자 꾹꾹 눌러 적었다.

그러던 어느 날, 늙은 두더지는 자신의 책을 '아름다운 나무껍질 서점'에 맡기기로 결심했고, 언젠가 아들이 찾아 주길 바라며 마지막 장에 두 가지 당부의 말을 덧붙였다.

> 만약 이 책을 루소가 찾는다면, 네 엄마 아빠는 널 정말 많이 사랑했고, 아빠가 숲 가장자리에서 여전히 널 기다리고 있다는 걸 알아주렴.
>
> 만약 이 책을 고물상점의 비올레트가 찾는다면, 거짓말을 해서 정말로 미안해요. 나는 그저 내가 겪은 고통을 똑같이 겪게 하고 싶지 않았을 뿐이에요.
>
> 두더지 페르디낭

페르디낭의 소원은 적어도 부분적으로는 이루어졌다. 루소가 페르디낭의 회고록을 찾았으니까. 그러나 비올레트의 경우는 슬픔이 누군가의 문을 두드리기로 결정했다면, 그 고통은 아무도 피할 수 없다. 끝없이….

여우는 페르디낭이 자신의 무릎을 베고 자는 동안 이야기했다.

"루소, 당신이 내 서점에 와서 『저 너머의 기억』을 사 간 건 정말로 기막힌 우연이에요! 당신 아버지의 책이 당신에게 갈

확률이 얼마나 될까요?"

"정말 엄청난 우연이에요. 저한테 선생님 서점의 낙관이 찍힌 책이 한 권 더 있어요. 혹시 이 책을 아세요?"

루소가 가방에서 책 한 권을 더 꺼냈다.

『자신의 뿌리를 찾는 모험가』 표지 안쪽에 찍힌 '잉크병을 쥔 여우' 낙관은 세월과 윤곽을 흐릿하게 만드는 습기에 맞서서 제 모습을 잃지 않았다. 아르시발드가 어릴 적에 그토록 읽고 싶었던 책이 오늘 자신에게 돌아왔다.

아르시발드는 『자신의 뿌리를 찾는 모험가』 표지를 알아보고 기뻐서 소리쳤다.

"아니, 세상에!"

루소가 털어놓았다.

"저는 이 이야기가 어떻게 시작되었는지 알 수 없었어요. 그러나 저도 주인공처럼 제 뿌리를 직접 찾아 받아들이고 이해해야 한다고 생각했어요."

여우도 가방에서 『정상에 도달하고 싶은 모험가』를 꺼내며 말했다.

"저도 책을 읽으며 시작한 모험을 받아들이고 두려워하지 말자고 다짐했어요. 우리 둘 다 책에서 교훈을 얻어서 어려움을 극복했네요!"

루소는 두 책을 나란히 놓으면서 말했다.

“두 책은 여러 해 동안 떨어져 있었지만, 드디어 다시 만났어요. 한 호두의 두 껍데기처럼요….”

아르시발드는 자신의 무릎에서 증기기관차처럼 코를 골고 있는 페르디낭의 곤두선 머리털을 쓰다듬으면서 덧붙였다.

“아버지와 아들처럼요.”

루소는 아버지를 바라보며 나지막이 말했다.

“이제 곧 어머니도 만나야지요…. 엘리자베트 부인이 장소를 알려 줬거든요. 아버지가 너무 충격을 받지 않으면 좋겠어요.”

“루소, 당신의 아버지가 여행을 시작할 때부터 찾은 건 당신의 어머니였어요. 비록 기억은 아버지에게 진실을 알려 주지 않으려고 했지만요.”

루소가 말했다.

“그리고 아버지는 어머니와 저를 다시 찾았네요…. 저도 얼마나 아버지를 알고 싶었는지 몰라요.”

두더지와 여우의 여행이 쉽지 않았던 것만큼 루소의 서사에도 파란만장하고 우여곡절이 많았다….

친부모의 흔적을 찾아 길을 떠난 루소는 『자신의 뿌리를 찾는 모험가』를 읽으며 아름다운 나무껍질 서점까지 여행했다. 그곳에서 『저 너머의 기억』은 저자가 두더지라 눈길이 갔다. 사진을 들고 길을 떠난 두더지와 여우처럼 루소도 책의 줄거리를 따라갔고, 마멋 페투니아 찻집에서 엄마의 비법이란 사실은 꿈에도 모른 채 아모드 파이를 먹었다. 그리고 참나무 음악회에서 〈모드에게 보내는 편지〉를 듣다가 마치 잊힌 삶의 기억처럼 멜로디가 저절로 떠올랐다….

계속 책을 읽다가 책의 주인공이 자신이라는 사실을 깨달은 루소는 다시 아름다운 나무껍질 서점으로 돌아갔다. 그런데 서점에는 키 작은 생쥐 아가씨가 있었고, 생쥐 아가씨는 루소에게 할 일이 너무 많아서 정신이 없고, 개암 열매는 받겠지만 질문 받을 시간은 없으며, 서점은 정보 안내소가 아니고, 책만 팔지 저자에 대한 정보는 줄 수가 없으니 그만 나가 달라고 쌀쌀맞게 말했다! 저녁 8시라 생쥐 샤를로트는 배고파 죽을 지경이었다. 아마도 치즈가 먹고 싶었을 것이다. 게다가 따분하기 짝이 없는 거북이와 얼토당토않은 생각을 하는 다람쥐에게 시달린 터라 자신의 뿌리를 찾는다며 질문이 너무 많은 오소리와 저녁 시간을 보낼 생각은 조금도 없었다!

젊은 오소리의 눈앞에서 서점 문이 쾅 닫혔다. 문 너머에서 욕설을 퍼부으며 열쇠를 3번 돌려서 문을 잠그는 소리가 들렸다….

루소는 여관에 머물면서 책을 마저 읽었고, 어떻게 된 일인지 진실을 모두 알게 되어 눈물을 펑펑 쏟으며 밤을 보냈다. 회고록의 마지막 장에는 페르디낭이 '작가의 집'에서 보낸 일상, 집으로 돌아가기로 결심하고, 비올레트가 자신과 같은 고통을 겪지 않도록 브리즈방과 어떤 계획을 짰는지 상세하게 적혀 있었다.

이튿날, 루소는 아버지를 다시 만날 희망에 부풀어 숲 가장자리까지 걸어갔지만, 페르디낭의 집은 찾지 못했다. 그래서 회고록의 끝에 나온 두더지 고물상점을 찾아갔고, 그곳에서 이모 비올레트와 사촌 타르탕피옹을 만났다. 이 감격스러운 재회에서 루소는 비올레트에게 진실을 알렸고, 비올레트는 눈물을 흘리며 루소를 다시는 버림받지 않을 가족의 일원으로 맞았다.

그런데 루소는 어디로 가야 아버지를 찾을지 몰랐다. 비올레트도 여우와 두더지가 어디로 떠났는지 몰라 루소는 『저 너머의 기억』이 태어난 '작가의 집'에 가서 좀 쉬면서 몇 가지 질문도 하고, 자신의 정체성을 찾으려고 했던 이 긴 여행을 글로 써 보기로 결정했다.

문학의 밤 이후 며칠 동안 아르시발드는 특별한 시간을 보냈다. 루소와 페르디낭이 함께 시간을 보내며 그들의 여정에

도움을 줬던 이들 모두에게 감사의 편지를 썼기 때문이다. 그렇게 해서 마멋 페투니아와 도로테, 부엉이 제데옹과 스타니슬라스, 올빼미 마리 카모마일, 두더지 비올레트, 무스타슈와 타르탕피옹은 그동안 있었던 일의 자초지종을 알게 되는 편지를 받았다. 여우는 편지를 받는 숲속 동물들이 페르디낭이 옳다고 여겼던 행동들을 용서해 주기를, 다 같이 숲에서 다시 만나서 모드를 참배하러 가기를 바랐다.

나이 든 페르디낭은 작가의 집에 머무는 동안 어느 정도는 현재에 있었지만, 간혹 같이 지내는 동물 작가들을 알아보지 못해 흠칫흠칫 겁을 먹는 어린 두더지가 됐다. 그러나 루소에게서는 자신을 훨씬 더 고요한 내면의 골짜기, 훨씬 더 부드러운 감정으로 이끌어 갈 수 있는 아들이라고 느꼈다.

엘리자베트는 모드를 참배하러 가기 위해서 백조 에드가에게 '작가의 집' 열쇠와 작가들을 보살피는 책임을 맡겼다. 그리고 30년 동안 자신을 짝사랑해 온 에드가에게 기습 뽀뽀를 했다. 너무 좋아서 기절해 버린 에드가와 그 광경에 놀라 입을 다물지 못하는 작가들을 뒤로하고 날아오른 엘리자베트는 모드와 페르디낭의 이야기를 떠올리며 혼자서 알아서 살 수 있다는 핑계로 사랑을 거부한 자신이 너무 어리석었다고 뉘우쳤다….

30년 전에 화재가 휩쓸고 간 밤나무 숲은 자연이 검게 그을린 풍경에서 자신의 권리를 되찾았다. 그러나 아르시발드는 나뭇가지와 돌, 풀잎 하나하나에 담긴 비극의 기억을 느낄 수 있었다.

서점 주인이 말했다.

"왜 선생님이 돌아오기를 꺼렸는지 알겠어요. 여기서 선생님이 겪은 일은 어떤 동물도 이겨낼 수 없는 일이에요…."

"내가 무슨 일을 겪었소?"

"선생님이 정말로 기억하고 싶지 않은 일이요…."

그러나 부르르 떠는 강에 가까이 가자, 페르디낭의 기억은 어둠 속에 잠겨 있는 또 다른 문을 열었다. 문 뒤에는 페르디낭이 직접 단장하고, 망각병에도 정기적으로 찾아와 관리한 무덤의 기억이 있었다. 무의식중에 얼마나 자주 찾아와서 무덤을 돌봤을까? 병으로 기억이 희미해지기 전까지 얼마나 자주 찾아와서 아내의 죽음을 슬퍼했을까?

비극의 자리에는 엉뚱하게도 철제 용기에 국화꽃들이 피어 있었는데, 잃어버린 사랑을 기리는 듯했다. 여우가 다가가서 보니 국화꽃들은 우아한 식물무늬가 양옆에 그려진 낡은 토스트기에 피어 있었다. 다소 별난 조합이었지만 시적인 감정이 어려 있었다.

페르디낭은 아내의 무덤을 향해 한 발 한 발 나아가면서 중얼거렸다.

"그러니까 모드가 여기에 있구나…."

페르디낭은 다시 온전해진 정신으로 말했다.

"두더지 페르디낭 부인."

페르디낭은 고개를 땅으로 내리며 속마음을 말했다.

"자주 오려고 했는데, 그러지 못했어. 당신을 볼 면목이 없었어. 당신이 나한테 맡긴 아이를 찾지 못했으니까. 도저히 당신을 볼 자신이 없었어. 그런데 모드, 우리 애가 여기에 왔어. 루소가 왔어. 키도 크고 잘생겼어. 당신처럼 책 읽기를 좋아해. 집을 지을 때 벽을 세우기 전에 문부터 세우는 일은 하지 않을 똑똑한 두더지야…."

곁에 선 루소가 지팡이를 쥐고서 휘청거리는 아버지를 꼭 붙들었다. 지금 루소와 페르디낭의 뒤로 숲의 동물들이 최고의 경의를 표하며 다가왔고, 감격스러운 재회에 감동을 받았다. 모인 동물들 중에는 모드가 아니었다면 딸기 파이에 아몬드 가루를 쓸 생각도 못했고, 지금도 다른 요리법은 생각하지 않는 두 마멋이 있었다. 또 말과 음악의 힘으로 화해한 오케스트라 지휘자와 그의 아버지 그리고 올빼미 부인도 있었다. 동생을 위해 눈물을 흘리는 고물상점의 여주인과 옆에서 어

머니를 위로하는 조카도 있었다. 이들의 눈빛에는 어떠한 분노도 서리지 않았다. 오히려 마음속 깊숙이에서 우러나는 안도의 빛이 있었다.

수년 동안 알지 못했고, 미친 듯이 찾았고, 도대체 무슨 일이 일어났는지 알고 싶어 수많은 밤을 지새웠는데, 진실은 모든 불확실성 끝에 왔다. 그래서 좋았다. 모인 동물들 중에는 우체국 창구 직원 우두머리도 있었다. 용기를 내어 고물상점 여주인을 찾아가 비밀을 사실대로 털어놓으며 얼굴을 들지 못했는데, 뜻밖에도 감사 인사를 받으며 이 자리까지 초대를 받았다….

뒤에서 동물들의 기척을 느낀 페르디낭은 뒤를 돌아보며 말했다.

"여러분… 죄송합니다. 모두에게 거짓말을 하는 게 아니었는데. 사실대로 털어놓았어야 했는데…. 그런데…, 어… 내 친구, 아르시발드, 내가 무슨 말을 하던 중이었는지 기억이 나지 않소."

"그냥 죄송하다고 말씀하셨어요."

"아! 그래. 정말로 죄송합니다. 내가 누구에게도 말하지 않은 건 아내가 세상을 떠났다는 사실이 두려웠기 때문이오. 모드가 세상을 떠났다는 사실을 받아들일 수 없었소…."

루소가 위로했다.

"하지만 아버지, 어머니는 사라진 게 아니에요."

"아니, 망각병은 내 기억을 가져가면서 모드의 기억도 가져가려고 해. 하지만 모드의 기억만큼은 빼앗길 수 없어…. 그 기억마저 잊어버린다면 어떻게 되겠어?"

비올레트는 페르디낭을 끌어안으며 나무랐다.

"페르디낭, 이 한심한 두더지야! 왜 그동안 그 비밀을 혼자서 짊어졌어? 우리가 함께 그 슬픔을 나눠 질 수 있었잖아."

비올레트는 힘주어 말했다.

"둘러봐. 모드가 얼마나 훌륭한지! 삼십 년이 지났어도 이분들이 모드의 온정을 여전히 기억하고 있잖아. 안 그래요, 여러분?"

페투니아가 인정했다.

"모드 부인은 내가 손님들에게 대접하는 모든 파이 조각에 있어요."

제데옹이 인정했다.

"모드 부인은 내가 연주하는 모든 음에 있습니다."

브리즈방이 인정했다.

"모드 부인은 내가 소인을 찍는 모든 편지에 있어요."

루소는 깨끗한 작은 수건으로 아버지의 눈물을 닦아 주며 말했다.

"어머니는 제가 내딛는 모든 발걸음에, 절 아버지에게로 이끈 이 발걸음에 계세요."

이내 찰랑거리는 강물 소리만 들려왔다. 동물들의 온정과 우정 어린 위로에 페르디낭은 미소를 지으며 '모드'라고 이름을 붙인 토스트기로 나아가서는 넙죽 엎드려 입을 맞추며 아주 많이 사랑한다고 말했다. 페르디낭은 다시 기억이 흐려지기 직전에 잠시 생각할 틈이 있었다. 망각병이 페르디낭의 머릿속에 있는 모든 것, 그러니까 독서, 습관, 성격과 살면서 겪은 수많은 경험, 어릴 적 학교에서 배운 내용부터 사과를 잘 먹는 법, 지팡이를 쥐는 법이나 구두끈을 묶는 법까지 다 지울 수 있을지는 몰라도 모드는 모드를 알고 사랑하는 모든 이의 마음과 기억 속에 안전하게 남아 있을 것이다. 그래, 망각병도 모드만큼은 절대로 건드리지 못할 것이다!

작별 인사를 하는 법

대단원의 막을 내린 모험보다 아름다운 모험은 없다. 그러나 작별 인사를 하기란 여전히 참 어렵다. 아르시발드는 오랫동안 읽고 싶었던 책의 결말이 궁금했다. 지금은 루소에게서 빌려서 책을 읽을 수 있지만, 막상 펼치려고 하니 머뭇거려졌다…. 이 이야기는 결말을 몰랐기 때문에 여우의 마음대로 결론을 내리고, 미스터리한 반전과 견딜 수 없는 배신, 통쾌한 복수를 상상할 수 있었다. 책이 없었기 때문에 직접 읽을 수 없는 내용을 상상으로 지어내는 재미가 있었다.

하권도 아르시발드가 머릿속으로 지어낸 이야기만큼 재밌을까? 아무래도 하권을 읽는다는 것은 기다림을 그만두고, 더는 기대하지 않게 되는 것이다. 마침내 책을 펼치면, 이야기는 끝맺을 것이다. 수년 동안 상상을 통해 아르시발드에게 사랑하는 법을 깨우쳐 준 등장인물들에게 작별 인사를 해야 할 것이다.

아르시발드는 생각했다.

'그래도 작별 인사를 하는 건 참 어려워.'

벌써 모드와 페르디낭의 집이 가까워졌다. 아르시발드는 혼자 돌아가야 할 시간이라고 생각하니 마음이 무거웠다.

도중에 페르디낭이 루소의 등에 업혀서 아르시발드가 루소의 반쪽짜리 호두껍데기를 들었다. 페르디낭은 백일몽에 빠져서 집에 가는 길 내내 한마디도 하지 않았다. 영결식으로 모드를 다시 만난 페르디낭은 감정적으로나 육체적으로 몹시 지쳐 버렸다. 이따금 자기도 모르게 〈모드에게 보내는 편지〉를 휘파람으로 불었는데, 그러면 다 큰 아들도 아이처럼 아버지를 따라 버베나가 양쪽으로 핀 숲길에서 함께 노래했다.

안타깝게도 페르디낭이 어린 시절로 돌아가는 기차에 올라타면 루소를 '아빠'라고 불렀다. 수년 동안 한 번도 가져 보지 못한 아버지를 애타게 찾았던 젊은 두더지에게는 무척 당황스러운 일이었다. 양엄마 루이종은 결혼한 적이 없고, 오소리 이모들과 할아버지와 할머니의 애정 어린 보살핌을 받았지만,

이 사랑스러운 아버지를 대신할 수 있는 건 아무것도 없었다. 그러나 아버지는 아름다운 나무껍질 마을에 첫눈이 내리면, 아들이 있다는 사실도 잊어버릴지 모른다.

망각병에 걸린 누군가와 함께 지내는 것은 여유를 갖는 법을 배우고 받아들이는 것이다. 상대방이 실패할 때 극복할 시간을 주며 기다리는 것이다. 그러면 페르디낭은 스스로 사과껍질을 깎아서 간식으로 먹을 것이다. 이 점이 중요하다. 페르디낭이 놀라지 않게 하나하나 말해 주고, 시범을 보여 주는 여유를 가져야 한다. 그리고 루소가 지저분해진 페르디낭의 얼굴을 닦아 주고 싶을 때는 페르디낭이 겁먹지 않게 미리 말해 줘야 할 것이다. 아픈 동물이 대답할 수 없는 질문은 절대로 던지지 않고, 차근차근 설명하는 여유를 가져야 한다. 아침에 페르디낭을 깨울 때에는 오늘이 목요일이고, 서점 주인이 방문하는 날이라고 알려 주되, 서점 주인의 이름이 기억나는지 물어봐서는 안 된다. 이렇게 루소는 사랑과 이해심으로 여유 있게 기다리는 법을 배울 용기를 갖게 될 것이다.

아르시발드가 뒤따라오는 루소에게 말했다.

"다 왔어요. 여기가 당신 부모님의 집이에요. 두 분께서는 당신이 이곳에서 안전하게 자라 주기를 바라면서 이 집을 지었어요."

두더지는 현관을 닫으면서 감격하며 대답했다.

"멋져요!"

작은 집 문턱을 넘은 페르디낭은 다시 기운이 불끈 솟았다. 드디어 집에 돌아왔으니까! 페르디낭은 루소의 어깨에서 냉큼 뛰어내려서 식료품 저장실로 달려가 비스킷을 꺼내 오더니 긴 의자에서 허겁지겁 먹었다. 아무에게도 나눠 주지 않고 사방에 비스킷 부스러기를 흘리면서 먹었다.

여우가 지적했다.

"페르디낭, 저녁 식사 전에 군것질을 하는 건 봐줄게요. 그러나 친구에게 먹어 보라는 말은 해야 하지 않아요?"

페르디낭이 반쯤 베어 문 비스킷을 아르시발드에게 내밀며 말했다.

"앗, 미안하오. 좀 먹겠소?"

"괜찮아요. 다른 걸 먹을게요."

루소가 페르디낭과 아르시발드 뒤에서 말했다.

"여기군요."

루소가 가끔 꿈에서 엿봤던 파란색 문 앞에 멈춰 서서 목에 건 열쇠를 꼭 붙들며 자신이 방 안에 들어가도 되는지 아니면 실수할 일인지 고민했다. 방에 들어가는 건 30년 동안 아무도 들어가지 않았던 방을 더럽히는 일이고, 엄마가 숨 쉬었던 공기를 빠져나가게 하는 일이며, 멈췄던 시간을 다시 흐르게 하는 일이었다. 이 방에서, 옛날에 삶이 멈췄던 곳에서 루소는 살게 될 것이다.

아르시발드가 용기를 북돋았다.

“어서 들어가요! 당신 방이잖아요. 당신의 어머니가 당신을 위해 꾸몄고, 어머니가 바랐던 대로 당신이 제일 먼저 들어가야 해요. 자, 어서요!”

루소가 열쇠를 왼쪽으로 두 번 돌리고 마지막으로 한 번 더 돌리자, 녹슨 경첩에서 삐걱 소리가 나면서 문이 열렸다. 눈앞에 펼쳐진 아이의 방에는 가구마다 30년의 먼지가 희뿌옇게 쌓여 있었다. 서점 주인은 ‘내가 할 일이 있군.’ 하고 생각하면서 창문 커튼을 걷어 젖히며 방 안으로 다시 햇빛이 들어오게 했다.

방에 들어간 루소가 흥분해서 말했다.

“여기가… 여기가 제 방이군요.”

여우가 따뜻하게 말했다.

“그래요. 당신의 방이에요.”

루소는 난생처음 와 본 자신의 방에 서서 강에서 부드러운 자갈 마을 강가까지 떠내려가지 않았다면, 이곳에서 보냈을 어린 시절을 어렴풋이 느껴 보기 시작했다.

부모님이 직접 장미를 그리고 조각한 요람에서 달콤한 꿈을 꿨을 것이다. 이제는 앉을 수 없는 유아용 의자에서 이유식을 먹다가 엎었을지도 모른다. 파란색 자기로 된 주판알로 숫자 세는 법을 배웠을 것이다. 집짓기 놀이 세트로 멋진 성을 짓고 공주를 납치한 악당들을 뒤쫓았을 것이다. 어둠이 무섭지 않았던 무척 용감한 어린 두더지의 이야기를 엄마의 목소리로 들으며 아기 침대에서 잠들었을 것이다. 여기 벽에 걸린 목검들을 가지고 놀면서 모험을 떠나는 영웅이 되기를 바랐을 것이다…. 그렇게 다 해 봤을 텐데….

그런데 잘 생각해 보니 루소는 다 해 봤다. 여기서 한 것은 아니지만, 엄마 루이종과 했다. 루이종은 루소에게 공주이자 군인이었고 친구이자 이야기꾼이었으며 엄마였다. 또 숫자를 세는 법, 흔들 목마를 타는 법과 어둠을 두려워하지 않는 법도 가르쳐 줬다. 루소는 나무 침대에 가만히 앉아서 자신이 다른 어떤 아이들보다 운이 좋다는 생각이 들었다. 한 명도 아닌 두 명의 엄마에게 사랑을 받았으니까.

페르디낭이 방에 들어가면서 벽에 걸린 목검을 보고 소리쳤다.

"목검이네. 도련님, 검을 들어요! 적은 가차 없이 해치우고, 자신을 지켜요!"

다른 두더지라면 놀랐겠지만, 루소는 목검 자루마다 페르디낭의 이름이 정성스럽게 새겨져 있어서 놀라지 않았다. 방에 있는 대부분의 다른 장난감처럼 목검도 부모님이 루소에게 물려주고 싶은 것이었다.

페르디낭이 아들의 웃옷을 잡아당기면서 말했다.

"밥 먹기 전에 밖에 나가서 칼싸움해도 돼요? 이번에는 아무것도 깨뜨리지 않을게요! 약속해요!"

"그래, 좀 있다가 나갈게."

망각병에 걸린 아버지와 함께 지내려면 여유 있게 기다리는 법을 배워야 할 뿐만 아니라, 때로는 부모의 역할도 할 줄 알아야 한다. 눈가에 주름이 지고 얼굴에 흰털이 나 있는 아버지가 옛날의 사랑스러운 아이처럼 굴 때는 말이다. 당연히 쉽지 않은 일이다. 왜냐하면 자식으로서 아버지로부터 받을 수 있는 보살핌을 잃어버린다는 뜻이니까. 자기 전에 잘 자라며 그림책을 읽어 주고, 넘어져서 생긴 생채기에 호 하고 입김을 불어 주고, 다 잘될 거라고 위로해 주는 것처럼 많은 것을 잃어버리는 것이다. 루소는 자기 자신과 화해한 이 대단한 모험을 통해 잃어버린 친부모를 다시 찾았을 뿐만 아니라 오소리든 두더지든 간에 자기 자신이 될 수 있다는 확신과 이제는 자신이 다른 누군가를 보살필 수 있다는 확신까지도 생긴 것 같았다.

"오소리 엄마에게 편지를 보냈어요. 여기서 아버지를 보살피면서 한동안 머무르겠다고 알렸어요. 엄마도 제가 친부모를 찾아서 무척 기뻐하세요. 조만간 여기에 방문하실 거예요. 아버지에게 드릴 깃털 달린 멋진 펠트모자도 만드셨대요."

여우는 루소의 앞발을 잡으며 말했다.

"뭐든지 도움이 필요하면 서점으로 찾아오세요. 페르디낭 선생님, 작별 인사를 할 시간이네요. 선생님은 제게 아름다운 모험을 선물해 주셨어요. 정말 감사해요!"

페르디낭은 여우에게 두 번째 작은 목검을 던지며 말했다.

"이것도 주겠소! 아르시발드, 나는 우리가 함께 겪은 일이 정말로 기억나지 않소…. 우리가 누구를 만났는지, 어디에 갔는지 기억나지 않아. 요 며칠 동안 있었던 일도 기억하기가 힘들다오…. 솔직하게 말하면 우리가 뭘 찾은 건지도 기억나지 않소…. 그렇지만 내가 당신에게 신세를 많이 졌다는 건 안다오. 당신에게 왜 고마운지 솔직히 생각나지 않지만, 그래도 정말로 고맙소."

페르디낭은 쥐고 있던 검을 떨어뜨리며 여우에게 달려가 와락 껴안았다.

"저도요. 나의 다정한 친구, 저도요."

밤하늘에 첫 별이 뜨는 동안, 아르시발드는 문턱에 서 있는 두 두더지에게 작별 인사를 하며 곧 다시 만나자고 약속했다.

아르시발드는 서점으로 돌아가면서 자신이 겪은 모험이 아름다운 그림책에 나올 만하고, 모험에서 만난 동물들도 제각각 맡은 역할이 있었다는 생각이 들었다. 불과 시간 그리고 망각에 맞선 아름다운 사랑 이야기였다. 그렇다. 책에 실릴 만했다! 뭐, 원칙 같은 건 아무렴 상관없다. 어쩌면 이야기는 여우가 써야 할 테니까!

아르시발드는 생쥐 샤를로트에게 곧 도착한다고 편지로 알렸다. 그러나 사랑하는 서점이 가까워지는데, 불은 모두 꺼지고 문은 잠겨 있었다. 아르시발드는 진열창을 살펴보면서 생각했다.

'이상하네. 기다려 달라고 부탁했는데….'

아르시발드는 슬슬 불안해졌다. 그러다가 작은 동물용 문고리에 걸린 종이가 눈에 들어왔다.

친애하는 여우 선생님,

서점 열쇠는 긴 의자 바로 옆에 이끼로 뒤덮인 나무 구멍 속에 숨겨 놨어요. 지난 2주 동안 당신의 자리를 맡겨 주셔서 감사해요. 다채로운 경험이었어요. 이 직업이 저와 맞지 않다는 걸 확실히 알았어요. 선생님이 어떻게 이 일을 하시는지 모르겠어요. 손님들은 도무지 참을 수가 없고, 책을 추천해도 자기들 취향(마치 이것이 중요한 것처럼…)이 아니라고 핀잔을 주며 거절했어요. 상냥하게 대했는데도(선생님도 아시잖아요!) 개암 열매 팁도 주지 않았어요. 열쇠 꾸러미도 돌려 드려요. 힘내세요! 혹시라도 제가 선생님께 다시 서점을 맡겨 달라고 부탁하면, 단—호—하—게— 거절해 주세요. 이제 저는 공연계를 정복하러 갈 거예요. 세계적으로 유명한 배우가 되는 길에 집중하려고요. 그러고 나서 사랑을 찾고, 가장 아름다운 곳으로 여행을 떠날 거예요. 그리고 제 회고록도 쓸 거예요. 아마 수천 부씩 팔리겠지요. 당분간 저는 생쥐 아저씨와 아줌마의 치즈 가게, 체다 코너에서 일하고 있을 거예요. 거기로 오시면 절 만나실 수 있어요. 그럼 안녕히 계세요.

생쥐 샤를로트

"거참! 서점이 무사해야 할 텐데…."

여우는 마음을 졸이며 생쥐가 열쇠를 숨겨 놓은 곳으로 달려갔다.

괜한 걱정을 했다. 서점은 멀쩡했다! 서점 주인은 진열대,

계산대, 책장을 다시 보며 기뻐했다! 이제 걸레와 곰 부인 에드위나의 왁스로 먼지가 모두 없어질 때까지 지치도록 닦고 또 닦으면 된다. 흠, 이 즐거운 청소 생각에 여우 몸 안의 세포들이 사르르 떨렸다….

서점의 마룻바닥은 주인의 발밑에서 그동안 밟고 지나간 동물들의 이야기를 다시 노래하듯이 삐걱거렸다. 할아버지의 서점 문을 처음 열고 들어온 호기심 많은 동물들, '잉크병을 쥔 여우' 낙관을 만든 아버지가 만났던 그 세대의 동물들, 마지막으로 아르시발드의 손님들까지. 몸집이 크거나 작거나, 다 컸거나 어리거나. 누군가 서점에 들어오면, 항상 뭔가를 찾았다. 페르디낭처럼 꼭 책은 아니었다. 가끔은 그저 기억하려고 오기도 했다.

아르시발드는 김이 모락모락 나는 마시멜로 코코아 한 잔을 들고 안락의자에 앉아 패치워크 담요를 무릎에 덮었다. 무척 고단했다! 모험을 했으니 기진맥진할 만했다! 그러나 서점 주인은 친구를 돕기 위해 시작했던 이 모험을 통해 포기했던 것을 다시 찾았다. 그토록 찾고 싶었던 책, 가장 좋아하는 책의 하권을 찾았으니까. 그날 밤, 아르시발드는 안락의자에 기대어 앉아 『자신의 뿌리를 찾는 모험가』를 펼쳐 읽기 시작했

고, 자려고 책을 덮지도 않았다. 진짜 그랬다. 아르시발드가 시작했던 이야기는 끝나 가고 있었지만, 아르시발드는 더 이상 두렵지 않았다.

부록

아름다운 나무껍질 마을

컬러링

여우 아르시발드와 두더지 페르디낭

작가의 집

아름다운 나무껍질 서점

아름다운 나무껍질 마을의 숲

대왕 참나무